我是白羊座!
婀娜多姿的大长腿就是我。
脖子下面都是腿!
额,外加一个厚厚的嘴唇!

我是金牛座!
每天我都能梦到,
自己躺在好多钱上面吃鸡腿……有的时候也是吃别的!
哈哈哈哈哈!

我是双子座!
你觉得我们怎么样?我?还是TA?
哈哈!我很好,
只是TA有点不高兴。

我是巨蟹座!
他们都叫我红胖子。
可是,我不讨厌胖子,
因为,胖子可爱呀!

我是狮子座!
霸道总裁和高贵女王就是我的化身。
可是你们不知道,
我还有另外的一面……

我是处女座!
我们要保持整洁,勤洗手,
家里的家具要摆整齐……
(此处省略3万字)……

我是天秤座!
甜甜蜜蜜的兔子就是我,
因为我的颜值,
我的朋友到处都是。
那么,你呢?

我是天蝎座!
我会用我的小本子记录你们的所有。
不多说了,就这样……

我是射手座!
我希望你带我玩!带我玩!带我玩!
然后我们休息一下,继续玩……

我是摩羯座！
什么？你说我手里拿了复印纸，是工作狂？
不不不，
你看不出我正在健身吗？

我是水瓶座！
我的世界太深奥，你们不懂！
你们的世界太奇怪，
不适合我们这些高等生物！

我是双鱼座！
哎呀，介绍自己的时候，
人家总是觉得很害羞呢，
不过我想你一定很喜欢我

十二星座都有什么缺点，说了不许急眼啊！

♈白羊座

孩子一样爱玩儿任性没担当。

Monday
星期一

Tuesday
星期二

Wednesday
星期三

♉ 金牛座

Thursday
星期四

非常轴，爱极端，心眼儿小得跟针鼻儿似的。

Friday
星期五

Saturday
星期六

Sunday
星期日

Ⅱ 双子座

满嘴跑火车，见天儿胡说八道。

♋ 巨蟹座

缠人粘人还闷骚。

别走别走 陪我嘛!

Monday
星期一

Tuesday
星期二

Wednesday
星期三

Thursday
星期四

Friday
星期五

Saturday   **S**unday
星期六   星期日

♌ 狮子座

太以自我为中心,还霸道不讲理。

Monday
星期一

Tuesday
星期二

Wednesday
星期三

♍ 处女座

凡事不分大小，必须斤斤计较。

Thursday
星期四

Friday
星期五

Saturday
星期六

Sunday
星期日

♎ 天秤座

听不了一点儿批评,还懒得要死。

♏ 天蝎座

控制欲太强,什么都要死死握在手里。

Monday
星期一

Tuesday
星期二

Wednesday
星期三

Thursday
星期四

Friday
星期五

Saturday
星期六

Sunday
星期日

♐ 射手座

不受束缚和管教,心太野。

Monday
星期一

Tuesday
星期二

Wednesday
星期三

♑摩羯座

难沟通，极端固执，脾气还大。

Thursday
星期四

Friday
星期五

Saturday
星期六

Sunday
星期日

♒ 水瓶座

自私,很少为他人考虑。

✷ 双鱼座

玻璃心还不切实际。

Monday
星期一

Tuesday
星期二

Wednesday
星期三

Thursday
星期四

Friday
星期五

Saturday   **S**unday
星期六   星期日

十二星座最不该喜欢哪类人?

♈白羊座

白羊座行动力强,最不该喜欢的就是那种生活中太慢的人,出去逛街,走走路一回头人没了。

Monday
星期一

Tuesday
星期二

☿ 金牛座

金牛座务实，不太会说好听的情话，多情的人会因此嫌弃TA乏味，金牛座不该喜欢这类人。

Wednesday
星期三

Thursday
星期四

Friday
星期五

Saturday
星期六

Sunday
星期日

Ⅱ 双子座

双子座最不该喜欢那种不爱说话沉闷的人,多彩的生活一定要与爱人一同分享,你在听吗?

♋ 巨蟹座

爱开玩笑的人巨蟹座不该喜欢,情人不经意的一句话都会让巨蟹玻璃心碎,何况天天在身边贫嘴?

Monday
星期一

Tuesday
星期二

Wednesday
星期三

Thursday
星期四

Friday
星期五

Saturday
星期六

Sunday
星期日

♌ 狮子座

强势的人大狮子最不该喜欢,一山不容二虎,两个强势的人在一起必定争个高下,放弃吧。

Monday
星期一

Tuesday
星期二

Wednesday
星期三

♍ 处女座

Thursday
星期四

另一个完美主义者,你在哪里? 对!
处女座最不该喜欢同类,两个人标
准不一样就更完了!

Friday
星期五

Saturday
星期六

Sunday
星期日

♎ 天秤座

如果不想得纠结癌，天秤座一定不要爱上跟自己一样有选择障碍的人，容易死，是真的。

研究两天两夜，依然没有结果

♏ 天蝎座

天蝎座最不该喜欢桃花旺盛的人,蝎子占有欲极强,总是有赶不完的第三者,日子可不好过。

Monday
星期一

Tuesday
星期二

Wednesday
星期三

Thursday
星期四

Friday
星期五

Saturday
星期六

Sunday
星期日

♐ 射手座

射手座最不该喜欢浪荡的人,两个人一起划船,划着划着可能就都划到别人的船上去了。

Monday
星期一

Tuesday
星期二

Wednesday
星期三

♑摩羯座

摩羯座不该喜欢歪脑筋多的人,摩羯特别遵守规则,谈恋爱也是细水长流,花样太多吃不消。

Thursday
星期四

跟你在一起真好,喜欢这样简简单单。

Friday
星期五

Saturday
星期六

Sunday
星期日

♒水瓶座

循规蹈矩的人水瓶座不该去喜欢,水瓶座的恋情花样百出,木讷的人是不会懂TA这些付出的。

✶ 双鱼座

双鱼座不该去喜欢自以为是的人,这样的人总是高高在上的感觉,让我们小公举受尽了委屈!

我能跟你在一起,很荣幸吧。

是时候放弃了

Monday
星期一

Tuesday
星期二

Wednesday
星期三

Thursday
星期四

Friday
星期五

Saturday
星期六

Sunday
星期日

据说，这样表白会成功？

"没有人喜欢我。" "你好，我的名字叫没有人。"

Monday
星期一

Tuesday
星期二

我喜欢你已经超过两分钟了,不能撤回了。

Wednesday
星期三

Thursday
星期四

Friday
星期五

Saturday 　　　　　　　**S**unday
星期六　　　　　　　　　　星期日

我做事一向三分钟热度,唯独爱你这件事,坚持了好久。

Monday
星期一

Tuesday
星期二

Wednesday
星期三

Thursday
星期四

Friday
星期五

Saturday　　　　　　　　　　**S**unday
星期六　　　　　　　　　　　　星期日

本想从你的全世界路过，却发现你就是我的全世界。

你就是我的全世界

Monday
星期一

Tuesday
星期二

Wednesday
星期三

"我家有只狗，没人要了额，你要吗？" "什么狗？" "单身狗。"

Thursday
星期四

Friday
星期五

Saturday   **S**unday
星期六   星期日

老子是个好东西,好东西都想送给你。

从此以后,小事随你闹,大事往我身后靠。

M onday
星期一

T uesday
星期二

W ednesday
星期三

T hursday
星期四

F riday
星期五

S aturday   S unday
星期六   星期日

我养你啊。

我养你啊!

Monday
星期一

Tuesday
星期二

Wednesday
星期三

Thursday
星期四

Friday
星期五

Saturday　　　　　　　　　　**S**unday
星期六　　　　　　　　　　　　星期日

十二星座爱你时会这么说……

♈白羊座

你要每分每秒都在想我!

Monday
星期一

Tuesday
星期二

Wednesday
星期三

♉ 金牛座

Thursday
星期四

山无棱天地合望你永远不会变心。

Friday
星期五

Saturday
星期六

Sunday
星期日

Ⅱ 双子座

我希望感受到你浓烈的爱意!

♋ 巨蟹座

原谅我要一直问你是不是真的爱我。

Monday
星期一

Tuesday
星期二

Wednesday
星期三

Thursday
星期四

Friday
星期五

Saturday
星期六

Sunday
星期日

♌狮子座

反了天了，我这么爱你，你还不听我的！

Monday
星期一

Tuesday
星期二

Wednesday
星期三

♍ 处女座

Thursday
星期四

我爱你啊,求你别说谎话骗我。

Friday
星期五

Saturday
星期六

Sunday
星期日

♎ 天秤座

我爱你,就要赖着你! 你去哪儿我去哪儿。

♏ 天蝎座

你在我心里如此重要,你可千万不要背叛我。

Monday
星期一

Tuesday
星期二

Wednesday
星期三

Thursday
星期四

Friday
星期五

Saturday
星期六

Sunday
星期日

♐ 射手座

天啊！你好恶心哦！但我爱的就是你恶心人的小模样儿！

人家就喜欢你这放浪不羁的样子！

Monday
星期一

Tuesday
星期二

Wednesday
星期三

♑摩羯座

你在哪儿? 和谁? 在干嘛? 我盯你
这么紧还不都是因为爱你!

Thursday
星期四

在哪儿了

和谁了

Friday
星期五

在干嘛了

多久回了

Saturday
星期六

Sunday
星期日

♒ 水瓶座

你怎么这样,跟谁都能聊得来?
还敢说你没有?我这么爱你,我
还看不出来?

✳ 双鱼座

我这么爱你,你却不懂我!

Monday
星期一

Tuesday
星期二

Wednesday
星期三

Thursday
星期四

Friday
星期五

Saturday
星期六

Sunday
星期日

教你如何优雅地说"我想你"

干吗呢?

Monday
星期一

Tuesday
星期二

Wednesday
星期三

跟你的聊天记录,就是我每天的睡前读物。

Thursday
星期四

Friday
星期五

Saturday   **S**unday
星期六   星期日

今天, 你打喷嚏了吗?

Monday
星期一

Tuesday
星期二

Wednesday
星期三

Thursday
星期四

Friday
星期五

Saturday
星期六

Sunday
星期日

深夜里，馋和想你都得忍着。

Monday
星期一

Tuesday
星期二

Wednesday
星期三

遇见你之后,我成了脸盲,感觉全世界都像你。

Thursday
星期四

Friday
星期五

Saturday
星期六

Sunday
星期日

要是思念有声音的话，你现在已经被我吵聋了。

Monday
星期一

三缺一。

Tuesday
星期二

Wednesday
星期三

Thursday
星期四

Friday
星期五

Saturday
星期六

Sunday
星期日

手机说要打个电话给你,不然它就罢工,真拿它没办法。

Monday
星期一

Tuesday
星期二

Wednesday
星期三

Thursday
星期四

我家锅坏了,能去你家吃饭吗?

Friday
星期五

Saturday   **S**unday
星期六   星期日

测测你是否对爱情无能为力

测试开始

请在以下家电中选择自己最需要的一款。

A. 洗衣机 D. 空调
B. 烤箱   E. 电视机
C. 微波炉

Monday
星期一

> **答案**
> A. 你遇到喜欢的人绝对向对方放电,不会扭扭捏捏。你没有爱无能,你对爱情还是非常渴望的,你喜欢浪漫,也会制造浪漫,能够成为你的恋人真的是非常幸运的事情。

Tuesday
星期二

Wednesday
星期三

B. 你会有一些爱无能症状,因为如果对方什么都好,但是吃饭不香或是非常挑剔,让你没有胃口你就会和对方分手或对 TA 失去兴趣。因为对于你而言,实物的诱惑力大于爱情。如果非要让你从中二选一,你会毫不犹豫地选择吃饭而非自己的恋人。

Thursday
星期四

Friday
星期五

Saturday
星期六

Sunday
星期日

C. 你并不会爱无能，但是你绝对是属于爱不到就毁掉的类型。如果你非常喜欢对方，那么他就是星星月亮，一旦你觉得对方有什么猫腻或者缺点，你就认为对方连地上的尘土都不如。

D. 你容易患上爱无能，因为你对于爱情没有安全感。遇到喜欢的人就会连锁反应认为自己会失恋而且会非常痛苦。你非常容易和自己喜欢的人擦肩而过，并且绝对会错过一段佳缘。

本漫画由星座不求人独家提供（想看更多漫画，请关注微信ID "buqiurenvip" 微博@星座不求人哦！）

Monday
星期一

Tuesday
星期二

Wednesday
星期三

6.你不容易患上爱无能，但是你会逼迫自己到无能为力。因为你好面子，认为对方知道你喜欢上了他会变得非常傲娇，而且你一直觉得恋爱中如果自己太认真，一旦失恋就会非常难受。与其让自己难过，不如先让自己失恋。

Thursday
星期四

Friday
星期五

Saturday
星期六

Sunday
星期日

公元787年，唐封疆大吏马总集诸子精华，编著成《意林》一书6卷，流传至今
意林：始于公元787年，距今1200余年

一则故事 改变一生

对方正在输入中…

The Other Side is Inputing

《意林》编辑部 编

吉林摄影出版社
·长春·

图书在版编目（CIP）数据

对方正在输入中 /《意林》编辑部编. -- 长春:吉林摄影出版社,2017.1
（告白的书）
ISBN 978-7-5498-2916-3

Ⅰ.①对… Ⅱ.①意… Ⅲ.①故事－作品集－中国－当代 Ⅳ.①I247.81

中国版本图书馆CIP数据核字(2016)第305177号

对方正在输入中 DUIFANG ZHENGZAI SHURUZHONG

项目出品	意林告白的书
出 版 人	孙洪军
主　　编	顾　平　杜普洲
责任编辑	苉　岚　胡晓路
总 策 划	蔡　燕
丛书统筹	黄　磊
策划编辑	黄　磊　杨瑜婷
设计总监	资　源
特约编辑	李怡宁
封面设计	资　源
美术编辑	金　宇
发行总监	王俊杰
开　　本	880mm×1230mm 1/32
字　　数	200千字
印　　张	8
版　　次	2017年1月第1版
印　　次	2019年3月第5次印刷

出　　版	吉林摄影出版社
发　　行	吉林摄影出版社
地　　址	长春市泰来街1825号
	邮　编：130062
电　　话	总编办　0431-86012616
	发行科　0431-86012602
网　　址	www.jlsycbs.net
经　　销	全国各地新华书店
印　　刷	嘉业印刷（天津）有限公司

书　　号	ISBN 978-7-5498-2916-3	定　价：29.80元

版权所有　翻印必究

（如发现印装质量问题，请与承印厂联系退换）

目 录 CONTENTS

对方正在输入中
DUIFANG ZHENGZAI SHURUZHONG

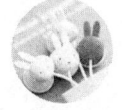

第一章 年少时的爱情,是四面八方来的风,撩动心弦

| 年少时的爱情,吹动我们的心　文/沈嘉柯　003

| 踮起脚尖,就更靠近阳光　文/丁立梅　013

| 王子啊,我来替你养白马　文/静女棋书　019

| 唐莉莉的第五十二款零食　文/7号同学　025

| 17岁,我敢和你一起飞　文/良辰　031

| 牛奶里的爱情秘密　文/戴西洲　037

| 亲爱的你,可不可以不忧伤　文/琴台　041

| 莫奈先生,请一定要幸福　文/苏繁烟　047

| 路过青春,守不住你　文/麦小M　051

| 年华离去后会无期　文/雪小禅　057

| 微笑只是你的保护色　文/麦九　061

第二章 一段成熟的感情，是春天细密的春雨，润物无声

| 让你重新爱上我　文/羽毛　069

| 真爱茶末香　文/周勇　073

| 韩寒：我的姐很彪悍很可爱　文/增健　077

| 90岁的送报工　文/金凯平　081

| 打扫大象房间的姑娘　文/榛生　085

| 一座姑苏城只种一棵萝卜　文/茄子小姐　089

| 新德里的悲凉一瞬　文/佩灵　095

| 她不是茉莉　文/童话　099

| 我们是夜色中的两颗星　文/六小龄童　103

| 钢琴课　文/叶倾城　107

| 石佛的浪漫满屋　文/珍妮　115

| 丁凉的浪漫病　文/海黛　119

目录
CONTENTS

对方正在输入中
DUIFANG
ZHENGZAI SHURUZHONG

第三章 每一段爱情，都是一封尘封在记忆里的情书，不知所往

| 最亲爱的你像是梦中的风景　文/少年别抬头　*127*

| 我们之间的美　文/飞行官小北　*133*

| 寄往贝克街的情书　文/岑桑　*137*

| 狐狸那时已是猎人　文/安霞　*143*

| 情书　文/吴念真　*149*

| 被岁月遗忘的小情书　文/沈锁锁　*153*

| 怎么写一封情书　文/轻吟的阳光　*157*

| 15岁的暗恋　文/夏雨珊　*159*

| 当年木兰女儿心　文/桥边红药　*165*

| 时光有没有手机号码　文/紫鱼儿　*173*

| 谢谢你，给了我关于爱情的全部想象　文/月岛雯子　*177*

第四章 每一次的错过，都是心口的一枚朱砂痣，刻骨铭心

| 把秘密说成玩笑　文/林大雪　183

| 如果爱情记得青海湖　文/素描　187

| 停电时偷吻我的男生　文/马木子　193

| 你的爱神休息了吗　文/慕容楚楚　199

| 错爱　文/陈明　205

| 谁都知道，我不爱你　文/梅吉　209

| 当我一无所有时，你还爱我吗　文/当代剩女　215

| 慢递　文/罗俭　221

| 小满时节梅花开不开　文/连十一　227

| 红豆饭团藏相思　文/苏丽珍　235

| 杜海棠错过了就已不再　文/梅吉　239

| 来不及发生就算了　文/沈嘉柯　243

第一章

年少时的爱情,
是四面八方来的风,
撩动心弦

年少时的爱情,
是四面八方来的风,撼动心弦

年少时的
爱情,
吹动
我们的心

文 / 沈嘉柯

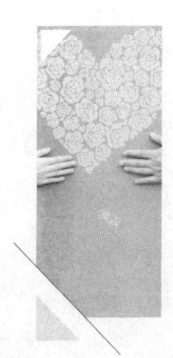

1

　　有些词不能撞到一起,撞到一起整个世界就不对了。就像童年加上一个后缀:寂寞。

　　让人不爽又无言,被敲打骨头一般。

2

　　童年的松褐脖子上挂着一枚闪闪发亮的大钥匙,跟着她上学放学,扑腾跳跃。小小年纪就学会了炒蛋花饭,大人们去上班,回来晚了,小孩子当然只有自己填饱肚子。寂寞到,松褐开始玩天牛。

　　世界上怎么会有天牛这么难看的昆虫?从头到脚就写着两个字——恶心。老式小区里的园林花坛紧挨着阳台,杂草丛生,动植物繁盛。松褐看电视选秀节目里那些抱着乐器表演的年轻人。

　　她谈不上喜欢音乐,但她这样乖巧听话的高中生,向往另外那个热情沸腾的世界。不过比起找不到梦想,更可怕的是寂寞。

举头看见五百万颗星的夏天夜晚,松褐逮住了一只光肩星天牛。她操起手电筒,专心照着,用锋利雪亮的张小泉剪刀,"咔嚓咔嚓"两下,剪掉了这家伙的触角。

可怜的光肩星天牛顿时惊慌失措,茫然四顾,不知道何去何从了。松褐咯咯大笑,像一只被点了笑穴的孔雀。

等到天牛也被玩腻了,她还有栗山。这男孩规规矩矩地坐在窗下,写着永远写不完的作业。

如果你也有一个不爱写作业动不动逃课的小伙伴,而这个小伙伴把所有的作业都转嫁给你了,你怎么办?惨不惨?

栗山的表情很淡定,觉得自己所做的,是天经地义的事,完全不觉得自己惨。他做完功课之后,统统签上松褐的名字。喜欢一个女孩,帮她做功课,是一种莫大的幸福。

午后溜达出教室,跟松褐在路上拉了个小手,栗山已经满足。

有栗山,松褐觉得寂寞像只猫,她打败了它。见一次打一次,叫它不敢来侵犯,松褐凭借栗山,捍卫了空乏的心灵。

3

松褐与栗山他们家毗邻本区的一个夜市,历史悠久,各种吃的应有尽有,在小吃摊烟雾缭绕中,人们就着毛豆喝金龙泉啤酒,大嚼小龙虾。松褐家的剪刀称手好用,被一个女孩借去剪龙虾了。

之前,买了剪刀和一堆做手工的针线和珠子,松褐准备自娱自乐,以及给栗山做一串手链,用淡淡的蓝绿色的天河石。采购完毕已经是黄昏,她在那个女孩工作的摊子上,吃了一碗兰州拉面。兰州拉面到了晚上就变成时令消夜。

松褐做完了手链,就失去了再接再厉的耐心。大大咧咧地把几十元买的高级剪刀借给了那女孩。

隔了几天,那女孩打包了半盒麻辣小龙虾给松褐,顺便还她的剪刀。好剪刀就是好剪刀,洗过以后,闪闪雪亮一如崭新,毫无污迹。松褐看着满袖子油污的同龄人,问道:"你也不喜欢上学吧?直接就上班了啊?"

女孩只笑,不回答。松褐管她叫琥珀,因为这女孩眼睛像琥珀,带着光彩。她没问她真名,因为她不肯说。

"你一个星期赚多少钱啊?"

琥珀眼睛熠熠生辉,告诉松褐:"反正没考上大学啊!我一个星期四百块,生意好还有奖金,我男朋友就快大学毕业了,我快不干啦。"

哦,松褐总算搞清楚了,差不多的年纪,但她心里是有梦想的。这个梦想是帮男朋友走向发达人生,然后娶自己。

后来,虾子退市,暑假结束,趁爸妈不在家,松褐带着痛哭流涕的琥珀,回家洗了个澡,把自己的衣服找了一套出来,给女孩换上。

一只云斑白条天牛漫不经心地路过松褐家的窗台,从那女孩的袖子上爬过去,她却完全没发现。她一直在哭。

松褐去冰箱拿来冰冻的红豆沙,回来时,发现琥珀不哭了,而是看着对面的窗户发呆。琥珀突然跳起来,来不及跟松褐道别,仓皇而逃,夺门而出。

哦,对面的栗山埋头运笔如飞,认真用功,正对着琥珀的视线范围。真像那个辜负了琥珀的坏男人。

那是一朝被蛇咬的阴影。松褐闷闷地自己喝完了红豆沙,又难过又庆幸。勤奋念书的男生,也可能不是好东西。哪怕他曾经发誓大学毕业了就和打工养他的女孩结婚。那男生甩了剔龙虾的女孩,闪电般跑去广东,找了一个家里开着小公司的女孩。泡沫幻灭之际,女孩心碎之时。

　　琥珀的家人打听到逃家的女儿的下落，来带她回家。但琥珀已经再次逃掉了。松褐不知道为什么，也不知道琥珀会去哪里。琥珀家给她安排了好对象，男方还在小镇给琥珀安排了一份过得去的工作。可是琥珀不乐意，她不喜欢那个全无感觉的相亲对象。

　　不过，她总算知道了琥珀的真名。爱情不止松褐遇到的这一种，年少单纯，人性来不及显露最可憎可恨的一面。

　　感到触目惊心的松褐打了个寒战，好在她只是个旁观者。她不想跟琥珀的命运一样，哪怕是一点点相似也不行。

　　栗山伸个懒腰，放起老歌跟着哼唱：人生是，美梦与热望……

　　他的热望全部聚焦在松褐身上，对于悄悄改变的一切，全无察觉。

4

　　松褐收回了全部的依赖。

　　一个女孩，不一定要把一个男生当成全部的世界。

　　她开始振作用功，去了一所好大学，急转直下的变故把栗山给搞蒙了。不是说好了，功课一般的松褐尽力读个二本或三本大学，只要和栗山都在南方一个城市就行吗？

　　到了大学的松褐，根本就把栗山抛到了脑后。她参加了吉他社，跟着一大群同学，嘻嘻哈哈找个露天角落切磋。

　　嘈杂的音乐惹得路人侧目，松褐的云斑裙子上，沾了冰淇淋。她不以为意，开心地弹唱。这是她的生日，她拿了一笔大学社团比赛的奖金。一切都是自己努力所得，为什么不青春作乐？

　　落日在风中飘摇，吹着笛子的男孩，一步一步走到松褐旁边。

　　这一刻伟大得如同开辟鸿蒙。

"你弹得真好,我们去看电影吧。我叫陈桑,法律系的。你呢?"男孩发出邀请。

"好。"

"桑少爷,马到成功。"有几个男生挤眉弄眼起哄。

松褐从来没见过这么多才多艺的男生,琴棋书画游泳电游都会玩。同学叫他少爷,真没叫错。

有一天,桑少爷穿了一件黑色长风衣。

松褐翻过领标,赫然是阿玛尼。什么样的学生,穿得起这样的牌子?走起路来信心满满,气质盖过众多男同学。

桑少爷大笑:"松褐,你别想多了,这件是我爸的,我总穿他不要的。"

松褐相信他。

桑少爷常常请客,一大伙男孩跟着他吃吃喝喝,唯他马首是瞻。他和松褐在学校附近租了一间漂亮的小公寓。平时松褐有奖学金和零用钱,不花陈桑的钱。

第一次认认真真恋爱,松褐希望彼此平等交往。

大一的末尾,消息传开,下学期桑少爷会当学生会主席。松褐总在等着桑少爷回来。陈桑总是很忙。忙忙忙,时间不够用。只是大学的学生会,有那么忙吗?

"松褐,我昨天在别的学校看见陈桑少了。"

"松褐,你看紧点儿你男朋友。"

"松褐,你玩不起的。听说他家真的条件很好,女友不停换。你算是最长的一个。"

"松褐……"

松褐心情很坏,一个人在九楼的小公寓里眺望。星光隐退,一片灰霾。这座大城市不是她的家乡,也没有无数天牛爬出来,让她剪掉触角发泄郁闷。

她突然想起栗山了。

从前的自己，说放下就放下，大概是因为，她并不爱栗山。

松褐觉得自己从天上又掉回地下了。患得患失，像个锱铢必较的商人。

她终于翻看了陈桑的手机，并且摔烂了它，像个骄傲的孔雀嚷嚷起来。

"老婆老公叫得真有爱，不喜欢就吱声，我马上走，不妨碍你们。"

陈桑就说实话交底了。

"我真的要走了。走之前，玩玩。"

"去哪儿？"

"转学，去北京。"

松褐总算搞清楚了。从一开始，陈桑就只会在这所大学待一年。他那有本事的爹，都安排好了。她一直以为，陈桑不过是个家里做生意比较有钱的男孩。

松褐悲哀得哭都哭不出来，摔门而出。

5

桑少爷消失了。法律系的系主任点名时发现少了一名学生，台下解释，转学啦。系主任大吃一惊："什么，大学还能转学？我居然都不知道。"

松褐也没想到，自己真的遇上了一个少爷。她厌憎这种人。

隔了个把月。

松褐接到了桑少爷的电话，她只听不说。

"松褐，我还是喜欢你的。但我有自己的路。以后你找我，我一定会尽我所能帮你的。"

是有这样的男孩,不要了又惦记,觉得不知道自己身份家境还爱上他的女孩,是好女孩和真爱。

"松褐,你说话呀!"

桑少爷终于无话可说,松褐挂断了电话。哀莫大于心死。

后来,曾经和桑少爷玩得好的几个同宿舍男生,收到了他的结婚请帖。

没来由地,没人敢追松褐了。

除了栗山。

6

我们历尽苦难觉得人生无限漫长,但之后长大却只需要一瞬间。

松褐仍然寂寞,就像是童年时代那样。

她搬回了宿舍。

再见到栗山,松褐非常吃惊。

"没什么,我退学了,又考了一次。反正没有我考不上的大学。我就是要和你在一起。"栗山恶狠狠地说。

换了别的女孩,说不定感动得泪流满面。但松褐直觉判断这很可怕,她像小时候遇到了自己的天牛,触角灵敏地摇晃,这种爱情,危机四伏。松褐只想跳起来,逃之夭夭,完全不给栗山赶上的机会。

逃跑有用吗?低头思索的片刻,松褐坐了下来,说:"如果我现在答应你,还能愉快地在一起吗?"

"我不明白。"

"为了我,你牺牲那么大,到底是爱更多,还是恨更多呢?一个人太恨另外一个人了,就会放不下。"

"我不管,我就是要和你在一起。"

"好吧。那现在开始,我就是你女朋友了。过来,吻我。"松褐乌黑的眼中,有光,也有泪。

栗山愣了。

他走上前,半闭着眼睛吻下去,松褐平静得很,就像自己的嘴巴不过是碰了一下豆腐。栗山突然觉得索然无味。

故人已变,这是个陌生的女孩了。

7

年少时的爱情,是四面八方来的风,吹动我们的心。没什么主见的我们,读一本书,听一首歌,看一段故事,旁观别人的遭遇,不知不觉就被影响了。我们对爱情的定义和认知,提前被预置了。

然后遇到一个人,为之命运颠倒,悲伤欢笑,世界观崩溃,需要重新修复聚集自己的灵魂。

尘归尘,土归土。穿过迷途,便是路。

松褐收到一张明信片,没有落款,只画了一个笑脸。也许这是来自那个逃跑女孩琥珀的祝福吧。松褐不打算把琥珀的真名告诉别人,因为琥珀大概醒悟了,像这个世界上那些忽然开窍,懂得为自己活着的人。不分男女,谁都不能完全依靠他人。

8

其实自己和栗山,是一种人吧!松褐心想。被伤害了,就耿耿于怀。可是,又有什么放不下的?昔日的栗山,变成今日的栗山,然后对她失去了兴趣。

松褐在学校外面兼职做吉他老师,教小朋友的时候,忽然看电视,看到了一个跟桑少爷长得很像的男人。

对了,那是桑少爷的爹。陈桑的爹出事了,被带走。松褐完全没有那种奇怪的高尚想法:我只爱你的人,你家落难了,我就要出现在你身边。

松褐只是给桑少发了一条消息,说了一句"保重",在她彻底换掉号码之前。

9

松褐休学了,但不是为了陈桑,也不是因为栗山。她决定去做自己喜欢的事情,加盟好友的音乐教室。

松褐有个业余研究昆虫的父亲,一辈子在小城市待着,没什么出息也没什么失落,光肩星天牛、松褐天牛、锈色粒肩天牛、栗山天牛、云斑白条天牛、黄星桑天牛……品种繁多。做父亲的,顺口就给心爱的女儿取了名字。

幼年的松褐极其嫌恶父亲这种偏离主流的审美趣味,而今不了。

它们一样从粒状的童年开始长大,进入险峻的世间,东奔西跑。没了残酷的人类剪去它们的触角,它们想必在屋顶或树梢,阳台或瓦盆,嗅着天地万物的气息,辨析自己的心,觅食谋生,也猎取属于自己的爱。直到它的触角,找到另一个和自己气味相投的人。

你要打败你的童年,再成为最好的自己,谁也不能例外,仅此而已。列车穿过山间隧道,穿过湿地湖泊,穿过城市乡村,抵达目的地时,松褐在心里说,北京,你好。

少时的爱情，是四面八方来的风，撩动心弦

踮起脚尖，就更靠近*阳光*

文/丁立梅

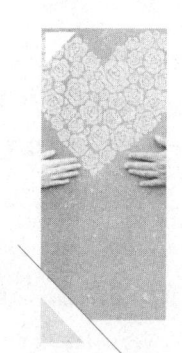

太阳花的另一个名字叫"死不了"

认识小鱼的时候，小鱼还在一家杂志社做美编。我常给那家杂志写稿，基本都是小鱼给我配插图。她配的插图，总有让我心动的地方。如果说我的文字是咖啡，她配的插图，就是咖啡伴侣，妥帖，恰到好处。

起初也只是零星地聊聊，在QQ（一种流行的中文网络即时通信软件）上，在邮件里。她把画好的插图给我看，一棵草，一朵花，在她笔下，都有恣意狂放的美。80后的孩子，青春张扬，所向披靡。

小鱼却说，她老了。

我哂笑："你若老了，那我还不成老妖精啦。"我说这话是有根据的，我比小鱼，整整大了10岁。

小鱼哈哈地乐了，说："你就是修成了精的老妖精，多让我羡慕。"我却分明窥见她的忧伤，在那纷纷扬扬的笑声背后，像午夜的花瓣，轻轻地飘落。

小鱼说："姐，我今天会做鸡蛋羹了。"

小鱼说："姐，我今天买了条蓝花布裙，很少穿裙子的我，穿上可是一万种风情呢。"

小鱼说："姐，我喝白酒了，喝完画漫画，一直画到大天亮。"

小鱼说："姐，我的新房子漏水了，气死我了。"我急了："赶紧找物管呀。"她说："我找了呀，可大半天过去了，他们还没派人来，可怜我刚装修好的墙啊，漏出一条一条的小水沟，心疼死我了。"

不知从何时起，小鱼开始唤我"姐"，她把她的小心事跟我分享，快乐的，不快乐的。我静静听，微微笑，有时答两句，有时不答。答与不答，她都不在意，她在意的是，倾诉与倾听。

听她叽叽喳喳地说话，我的心里，常常漾满温柔的怜惜。隔着几千里的距离，我仿佛看见一个瘦弱的女孩子，穿行于熙攘的人群里，热闹的，又是孤单的。

小鱼说，她曾是个不良少年，叛逆、桀骜不驯。因怕守学校多如牛毛的规矩，初中没毕业她就不念书了，一个人远走异乡。

"当然，吃过很多苦啦。"小鱼清脆地笑，对过往，只用这一句概括了，只字不提她到底吃过什么样的苦。"不过我现在也还好啊，有了自己的房，90平方米呢，是我画漫画写稿挣来的哦。"小鱼拍了房子的一些照片给我看，客厅，厨房，她的书房和卧室，布置得很漂亮。"书房内的阳光很好，有大的落地窗，我常忍不住踮起脚尖，感觉自己与阳光离得更近。"小鱼说。我看见她书房的电脑桌上，有一盆太阳花，红红黄黄地开着。我问："小鱼也喜欢太阳花啊？"她无比自恋地答："是啊，我觉得我也是一朵太阳花。"旋即又笑哈哈问我："姐，你知道太阳花还有一个名字叫什么吧，叫死不了。"

小鱼说，她给自己取了个别名，也叫死不了。

小鱼的爱情

25岁，小鱼觉得自己很大龄了，亦觉得孤独让人沧桑与苍老，开始渴望能与一个人相守，于是小鱼很认真地谈起了恋爱。

小鱼恋上的第一个人，是个小男生，比她整整小4岁。他们是在一次采访中认识的，彼时，小男生大学刚毕业，分到一家报社实习，与小鱼，在某个公开场合萍水相逢了。小鱼自然像大姐大似的，教给小男生很多采访的技巧，让小男生佩服得看她的眼神，都是高山仰止般的。

小男生对小鱼展开爱情攻势，天天跑到小鱼的单位，等小鱼下班。过马路，非要牵着小鱼的手不可，说是怕小鱼被车子碰到了；大太阳的天，给小鱼撑着伞，说是怕小鱼被太阳晒黑了。总之，小男生做了许许多多令小鱼感动不已的事，小鱼一头坠进他的爱情里。

我说："小鱼，比你小的男孩怕是不靠谱吧？他们的热情，来得有多迅猛，消退得也就有多迅猛。"小鱼不听，小鱼说："关键是，我觉得我现在很幸福。"

那些天，小鱼总是幸福得找不着北，她的QQ签名改成：天上咋掉下一个甜蜜的馅儿饼来了？它砸到我的头啦！她说小男生陪她去听演唱会了。她说小男生陪她去逛北海了。她说小男生给她买了一双绣花布鞋……我一边为她高兴，一边又忧心忡忡，以我过来人的经验，爱情不是焰火绽放时一瞬间的绚丽，而是细水长流的渗透。

我的担忧，终成事实，一个月不到的时间，小男生便对她失了热情。她发信息，他不回。说好一起到她家吃晚饭的，她做了鸡蛋羹，还特地为他买了啤酒，等到夜半，也没见人来。打电话给他，他许久之后才接,回她,忘了。小鱼把自己关在家里,喝得酩酊大醉。

小鱼问我:"姐,你说这人咋可以这样呢?怎么说爱就爱,说不爱就不爱呢?"我不知如何安慰她,我说:"小鱼,可能上天觉得他不适合你,所以,让他走开。"小鱼幽幽地说:"或许吧。"

小鱼的第二段爱情,来得比较沉稳。是传统的相亲模式,朋友介绍的,对方是IT(信息网络技术人才)精英,博士生,35岁的大男人。第一次见面,一起吃了西餐,吃完小鱼要打的回家,他拦住,说:"我送你,一个女孩子独自打车,我不放心。"只这一句,就把小鱼的魂给勾去了。

他慢慢驾着车,并不急于送小鱼回家,而是带着小鱼到处逛,一直逛到郊外。他明白地对小鱼表达了他的好感,他说他是理科生,写不好文章,所以特别崇拜会写文章的人。傻丫头一听,喜不自禁,夜半时分回到家,竟一夜辗转不成眠。

小鱼很用心地爱了。大男人买了她喜欢的书送她。教她做菜,做剁椒鱼头,虾仁炒百合。于是小鱼天天吃剁椒鱼头和虾仁炒百合。据她说,她的厨艺,练得跟特级厨师差不多了。"姐,等你来,我做给你吃,保管你喜欢。"小鱼快乐地说。

小鱼给我发过大男人的照片,山峰上,他倚岩而立,英气逼人。我又有了担忧,这个人,太优秀了,太优秀的人,不适合小鱼。

还没等我说出我的担忧,小鱼那边的爱,已经搁浅了。小鱼只告诉我,他太理智了。就结束了这段让她谦卑到尘埃里的爱情。

小鱼后来又谈过两场恋爱,每次小鱼都卸下全副武装,全身心投入地去爱,但都无疾而终。小鱼很难过,小鱼问我:"姐,你说好男人都哪儿去了?为什么他们都看不见我的好?"

我只能用冰心安慰铁凝的话来安慰她:"你不要找,你要等。"

缘分是等来的吗?对此,我也很不确定。

踮起脚尖，就更靠近阳光

深秋的一天，晚上八九点，我正在电脑前写作，小鱼突然打电话来："姐，我看你来了，在你们这儿的火车站，你接我一下。"

我大吃一惊。与小鱼相识这么久，我们愣是没见过面，我曾说过要去西藏，小鱼说，那好，我们就在西藏见。可现在，她竟突然跑了来。

世上有两种女子叫人感叹，一种是初见时惊艳，细细打量后，却平淡了。一种是初见时平淡，相处后，却越发觉出她的艳，举手投足，无一处不充满魅力。小鱼是后一种。

车站相见，小鱼给我的感觉很平淡，个子矮小，穿着随意。她看着我，眉毛眼睛都充满欢喜，亲昵地偎着我，唤我"姐"。我越来越发觉，她极耐看，大眼睛，还有两个小酒窝，甜美极了。

陪她去吃饭，陪她住酒店。她一张小嘴噼里啪啦个没完，说她路上的见闻，说她想给我一个惊喜。"姐，你吓着了没有？"她调皮地冲我眨着眼，把她从新疆带回的一条大披肩送给我，披到我身上，欣喜地望着我说："姐，你很三毛哎。"她在我面前转了一个圈，再看我，肯定地点头："姐，你真的很三毛哎。"

那一夜，我们几乎未曾合眼，一直说着话。在我迷糊着要睡过去的时候，她把我推醒，充满迷醉地说："姐，你说，多年后，我们会不会被人津津乐道地说起，说有那么一天，两位文坛巨星相遇了，披被夜谈。"黑夜里，她哈哈大笑。我也被逗乐了，好长时间，才止住笑。

第二天，我带她去沿海滩涂。秋天的滩涂，美极了，有一望无际的红蒿草，仿佛浸泡在红里面，一直红到天涯去了。小鱼高兴得在红蒿草里打滚，对着一望无际的滩涂展臂欢呼："海，我来了，我见到我亲爱的姐姐了！"

我站在她身后，隔着十年的距离，我们如此贴近。我有一刻的恍惚，也许前世，我走失掉一个小妹，今生，我注定要与她重逢。

小鱼不停地给我拍照，一边拍一边说："姐，我要把你留在相机里，以后我不管走到哪里，只要想到你，我都能看到你。"我也给她拍照，她在我的镜头前，摆足姿势，千娇百媚。

小鱼买的是当天晚上返回的火车票。车站入口处，她笑着跟我话别，跳着进去，突然又跑出来，搂紧我，伏在我的肩上哭。我心里也很难过，拍着她的肩，我说："现在交通方便得很，想看姐的时候，就来，一年来两回，春天和秋天。"她答应："好。"

我是后来才知道的，小鱼秋天来看我，有两件事她没跟我说，一、她又失恋了。二、她辞了工作。

小鱼跑到她向往的西藏去了，在布达拉宫外的广场边，她给我写信，用的是那种古旧的纸。在信里她写道：

姐，原谅我的自私，我去看你，是去问你索要温暖的。你放心，我现在很幸福，可以自由地做自己喜欢的事，行走和寻找爱情。我始终相信，只要踮起脚尖，就能更靠近阳光。

是的，踮起脚尖，就更靠近阳光。亲爱的小鱼，在西藏，你应该轻易就能做到。

恋爱时的爱情，
是四面八方来的风，撩动心弦

王子啊，我来替你养白马

文 / 静女棋书

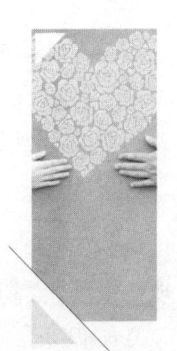

一

一开始，倪小陌打死也不相信乔北是王子。

乔北是倪小陌女友的老公的同事的表弟。据说，该男有车有房有"财"有貌，是标准的"四有新人"。

可是，很多时候，"据说"离胡说只是一步之遥，在和形形色色的男人相过亲之后，倪小陌深深地明白这个道理。

所以，即使女友说得眉飞色舞，一脸恨不相逢未嫁时的遗憾，倪小陌的心里也没有惊起一丝小波澜。

默默地对付完两只鸡腿，倪小陌甩甩头说："据说金字塔是火星人建的，奥巴马其实是中国人，你相信吗？"

女友说："你别不正经，我说真的，不相信明天拿照片给你看。"

倪小陌急忙摆手："别，自从有了PS（修图软件），黄渤可以变成黄晓明，宋祖德可以变成宋祖英，你拿照片给我看，这不是侮辱我智商吗？"

女友打击她说："知道你为什么成了剩女吗？你就是吃了高智商的亏。"又说："这次你一定要把智商放低一点儿，把情商提高一点儿，不要馅儿饼砸到头上了，还傻得不知道用嘴接着。"

三天后，媒婆女友牵线搭桥，让倪小陌和乔北见面。

本来倪小陌是不想去的。尽管媒婆苦口婆心地做了一番动员，她还是不屈不挠地要去探望一个生病的闺密。媒婆恨铁不成钢地说："男人如手足，朋友如衣服，你不要本末倒置，好不好？"

倪小陌说："问题是，这世上有的是缺胳膊少腿的，但你见过几个不穿衣服裸奔的？"

但倪小陌在那个周末注定要"裸奔"。

她在出租车上接到了病号的电话。病号告诉她，她远在另一座城市的男朋友过来了，爱情是最好的药，他一来，她浑身的毛病都好了。末了，病号又扭扭捏捏地说："就不麻烦你过来了哦。"

重色轻友，白眼狼。倪小陌骂骂咧咧地挂了电话。因为生气，她把一兜子水果都"捐献"给了那个胖子司机。

回到家，倪小陌气哼哼地拖了地板，洗了衣服，浇了花，喂了金鱼。干完这一切，一看表，才十点一刻，她觉得时间过得太慢了。

寂寞的人才会觉得时间过得慢。虽然倪小陌一直不承认，但她确实是寂寞的。两居室里空荡荡的，每一个角落都安静得不像话，甚至能听见绿萝抽出叶片的声音和金鱼游动时划开水纹的细响。那些声音让倪小陌心里发慌。倪小陌不知道如何打发整整一个下午，百无聊赖，她厚着脸皮给媒婆打电话，说："看在您老人家的面子上，寡人决定召见你说的那个男人。"说完，倪小陌就自嘲地笑了。寡人，寡人，果然是孤家寡人。

二

乔北出现时，倪小陌很没出息地呆掉了。

乔北是从宝马车里钻出来的。BMW，这三个字母在某部电影里被理解成"别摸我"，之前倪小陌觉得这种理解太有才了，但此时她觉得太没品位了。BMW，这分明就是"白马王子"的拼音缩写嘛。

王子乔北身材高挑，五官俊朗，穿一身阿玛尼休闲装，由远及近款款走来。刹那之间，倪小陌就明白了什么叫"玉树临风"。

接下来，就像很多虚无缥缈的爱情小说里描写的那样，王子和灰姑娘在咖啡馆里落了座，眉来眼去相谈甚欢。

唯一的败笔是，开宝马穿阿玛尼的王子居然一直在哭穷喊冤。一会儿说自己经营的小公司不景气，只赔不赚，一会儿说越是处在困难时期，老妈越是托亲戚逼着他相亲，简直是乱上添乱。

这些话，与爱情小说里的对白相差太远，与咖啡馆里悠扬的萨克斯曲子也极不协调。

倪小陌知道乔北在撒谎。

哭穷，扮可怜，以此来考验女人的真心，这是有钱人惯常玩弄的把戏。据说，英国有个身家不菲的富翁，为了考验女友，在长达五年的时间里，每次约会都要扮作灰头土脸的清洁工，直至他觉得女友确实对自己痴心一片，这才露出庐山真面目。

王子乔北也不能免俗。

倪小陌不怪他。她只是觉得他太笨，如果真的想装穷，他就不应该把实情告诉介绍人，更不应该开着宝马赴约，而应该骑一辆锈迹斑驳的破自行车。

三

继续演戏，倪小陌继续陪他演戏。

他对她真是苛刻，从不接她上下班，只是请她在路边小店吃五块钱一碗的拉面，至于送玫瑰买首饰，更是想都别想。

但倪小陌并不灰心，在乔北的感情大考验中，倪小陌有信心过五关斩六将，取得最后的胜利。从小到大，她从不怕考试，英语六级考出来了，注册会计师考出来了，这世上还有什么考试能够难倒她？

她相信，只要她对乔北足够好，用不了多久他就会缴械投降。

乔北果然很快就缴械了，他居然在倪小陌面前落了泪。

那是他们相识之后的第五个星期，乔北正在家里吃泡面，倪小陌不请自到。虽然她觉得乔北的戏演得太过火了，居然拿泡面当道具，但看见他难以下咽的样子，她还是有些心疼。倪小陌转身下楼，再回来，手里拎着满满一兜子菜。半个小时以后，倪小陌就像变戏法一样，给乔北做出了几盘色香味俱全的美味佳肴。

乔北坐下来，风卷残云，狼吞虎咽。吃得差不多了，才想起来应该夸一夸倪小陌的厨艺。一抬头却发现倪小陌正在帮他打扫卫生，她将长发束成利落的马尾，将衬衣袖子高高地挽起，低头、弯腰，两条修长的腿微微弯着。那样子很家常很温馨，一下子就将乔北心中最柔软的地方击中。

乔北起身拿了瓶红酒，喊："倪小陌。"声音是从未有过的温柔。

然后他就醉了，哭了。

乔北一哭，倪小陌激动得手足无措。据说，男人只在两个女人面前落泪，一个是他的母亲，另一个是他的恋人。他在她面前落泪，是不是就意味着他已经默认了他们的关系？

然而，掉完眼泪，他说，合作伙伴携款跑了，他穷得只剩下一辆宝马了。他还让她离开，他说他没有资本去爱一个女人。

四

满以为他会流露真情,不承想,即使喝醉了他都不忘演戏。这一刻倪小陌的心里犹如秋风扫过,泛起了阵阵凉意。迟疑片刻,她终于决定离开。

离开乔北以后,倪小陌一下子变得现实起来,她觉得与其绞尽脑汁与王子周旋,倒不如找个平常的男人安安稳稳过日子。有了这样的指导性思想,倪小陌轻而易举便物色到了新男友。毕竟,这世上稀缺的是钻石,而普通的石头遍地都是。

还别说,倪小陌找到的这块"石头"虽然普通,对她却是死心踏地,动不动便冒着倾家荡产的危险,送她大把的蓝色妖姬,还请她去西餐厅玩情调。遇到这样对自己倾尽全力的男人,按理说,倪小陌应该心花怒放,可是,不知为什么她就是高兴不起来。

他送花,她说,何必这样浪漫兮兮的,浪漫就是慢慢地浪费,人家开宝马的都不会这么浪费。他请她吃西餐,她说,何必打肿脸充胖子,人家开宝马的都去小店里吃饭。张口开宝马的,闭口开宝马的,重复的次数太多了,沉默的石头也会变成疯狂的石头。"倪小陌,有本事你去找开宝马的啊!"石头男怒吼。

开宝马的男人,倪小陌只认识乔北一个。

乔北依然跟倪小陌哭穷,依然跟她演戏。倪小陌决定跟他飙一下演技,既然他扮演落难的王子,那么她就扮演拯救他的天使。为了拯救他摇摇欲坠的小公司,她奉献出了自己所有的积蓄,还免费做了他的会计、秘书、业务员兼保姆。她还精心护养着他的宝马车,让它面貌整洁,油量充足,载着他在这个城市鱼一样穿梭。

乔北感动得眼圈泛红。这年头的女孩哪个不是"向钱看",能遇到倪小陌这样与他同甘共苦对他不离不弃的女孩,乔北觉得自己真是三生有幸。他说:"倪小陌,你放心,我一定会给你更好的生活。"

乔北不知道,倪小陌曾经也是个"向钱看"的女孩,更不知道,他的实际生活曾经多么戏剧性地被倪小陌理解成真心大考验。直至后来,她帮他打扫卫生,看见了一大沓银行的催款单,她才明白他不是装穷,他是真的穷。

这年头什么都有山寨版,连王子也不例外。受到打击的倪小陌决定痛改前非,再也不相信王子和灰姑娘的爱情鬼话,她只是想找个普通男人过普通生活。可是后来她发现,山寨王子乔北已经在她心里扎了根,怎么拔都拔不出来。最终"向钱看"的倪小陌不得不向爱投降。

倪小陌觉得,这世上的王子分为两种,一种是衣轻乘肥马正得意的,一种是西风瘦马落了难的。女孩子遇到前者那是幸运,遇到后者也不能放弃。既然爱他,替他养养白马又何妨?

唐莉莉的第五十二款零食

文 /7 号同学

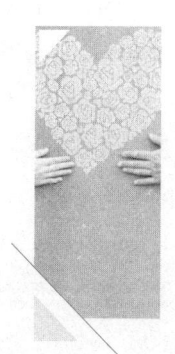

这是个不那么明媚的夜晚

　　唐莉莉失恋了，她在一个大雨天被相恋了三年的男朋友甩了，她还提着亲手给男朋友做的蛋糕。可是在这个大雨天，她和她的蛋糕都被雨淋得一塌糊涂。

　　她在第一时间想到了零食。因为唐莉莉属于连喝水都会胖的体形，为了和男朋友在一起，她那么努力地控制着自己，才让自己拒绝了超市那些可爱的零食的诱惑。于是，她扔掉了那个已经变成了糊糊的蛋糕。拖着已经湿透了的身体走进了附近的超市。

　　她挑中的第一款零食是一盒叫"好多鱼"的小饼干。一个男人一直偷笑着站在她的身边，唐莉莉此时心情并不是很妙，她瞪了他一眼后就不再搭理他。她买了整整十盒，足够她吃一个星期。

　　唐莉莉在第二个星期又走进了这家超市，她买的是乐事薯片，十一包，因为超市只剩那么多了。她又看见了那个男人。

第三个星期，唐莉莉买了奥利奥黑白配，那个男人依旧在那里，她猜他是这里的工作人员，可是他并没有穿工作服。

直到第五个星期，在唐莉莉把手伸向旺仔小馒头的时候，男人终于走过来搭话了，他说："你吃那么多高热量的零食即便不怕变肥也会上火的。"

唐莉莉本来想说他多管闲事的，可是她想起自己的体重真的是重了一公斤，而脸上也不知道在什么时候冒出了几颗小痘痘，她就不好意思反驳他了。这一次，她只拿了三包，还是小包装的。然后她听到了男人有些小心翼翼的声音："你是失恋了吗？"

噢，还没有介绍，唐莉莉小姐，淘宝网上某家茶叶店铺的掌柜。此刻她心里像缠绕着五颜六色的毛线，乱糟糟地纠结着。

两个爱吃甜食的人

看着唐莉莉都快要哭出来还带着愤怒的脸，那个说他叫顾连理的男人有些慌张了，他告诉唐莉莉，其实前段日子他也失恋了，然后他吃了很多零食，导致高血糖住院了。"不能为了一个已经不爱自己的人毁坏自己的生活。"最后，顾连理说为了表达歉意要请唐莉莉去吃饭，可是，现在已经是下午时分了，于是他们准备去喝下午茶。

唐莉莉在蛋糕店向顾连理哭诉了自己是怎么样怎么样对男朋友好的，最后他还是投向了别人的怀抱……顾连理边听着，边往嘴巴里送进一块块小蛋糕和泡芙。唐莉莉有些目瞪口呆，她从来没有见到过这么爱吃甜食的男人，比女孩子还夸张。他们总共吃了八块小蛋糕，还有十个泡芙。可是唐莉莉只吃了四分之一。"你该喝点儿茶，你吃那么多甜食。"唐莉莉发自内心给了顾连理一个小贴士。

在第十个星期，唐莉莉已经拒绝了膨化食品的诱惑，脸上的痘痘也已经消失了。她在超市选了第十款零食——腌制的玫瑰花之后,她发现顾连理并不在,她感到有些不自然。

唐莉莉回到家的时候,她的阿里旺旺在不停地响着,她的不愉快完全被冲散了,她边打开电脑边回复信息。这是一个爱吃甜食的男人,他最近的血压有些高了,听人家说喝茶可以调节,但是他又怕苦,请唐莉莉介绍什么茶不苦。唐莉莉给他推荐了店里的云南普洱茶,买家很爽快地拍下了。不知怎的,突然想起了顾连理,他也是一个爱吃甜食的男人。多么奇妙的一件事啊,在淘宝网那么多的店铺中,他居然挑中了自己的。

恋爱的感觉

唐莉莉和那个买茶叶的男人熟悉了起来。他们互加了MSN(一种网络交流工具)、QQ,他的昵称都是狐狸。唐莉莉再有新货就会通知他。渐渐地,他们也会聊些别的事情,比如说感情。

唐莉莉还是会经常去那家超市买零食,但是每个星期她会买两款,由顾连理推荐。他还是那样,总是漫不经心地和唐莉莉搭上几句话,唐莉莉也才知道原来他并不是超市的员工,而是老板的儿子。唐莉莉好几次都想问他,他是不是向她买茶的那个人。可是话到了嘴边又咽下了。唐莉莉总觉得顾连理的笑容多了很多。甚至有一天下午,她接到了顾连理的电话,他在电话那头很大声地喊着唐莉莉过来吃蛋糕。唐莉莉出门的时候,往嘴巴里放了一颗八珍杨梅,酸酸甜甜的,多么像恋爱的感觉啊!

她从没有见过这么爱吃蛋糕的男人,他给唐莉莉带了很多很多的蛋糕。吃到唐莉莉反胃,可是他却看着她笑个不停,脸上洋溢着幸福,而她却有些慌张。

唐莉莉在MSN上问狐狸：为什么你喜欢吃甜食呢？

那边很快就来了消息：喜欢就是喜欢啊。没有什么原因的。

他们并没有在这个话题上停留太久，很快他们就聊开了。直到她困得直打哈欠。在说了"晚安"之后，在唐莉莉关掉MSN的前一秒，狐狸突然发来了信息——

其实，我好像喜欢上你了。

她的睡意突然就消失了，她愣了很久，还是没有回复他。

如果狐狸就是顾连理的话，那么他喜欢的是MSN上的自己，这样说就是不喜欢本人咯！到底他喜欢的是不是自己呢？

毫无疑问，他的话给唐莉莉带来了困扰，她一整夜没有睡好，在床上翻来覆去。第二天起床的时候。她的牙齿疼得不得了，脸上肿了个大包。

失控的零食

唐莉莉有好几天没有再吃零食了，她也好几天没有在MSN上遇到狐狸先生，其实，她的心里还是有些许失落感的。唐莉莉想去超市，虽然她的牙齿已经看了医生吃了药不疼了，但她的脸还是肿肿的。但是这依旧阻止不了唐莉莉。她戴了口罩，前往超市。可是她在超市遛了一圈又一圈，也没有看到顾连理，反而有很多人像看病人一样看着她，仿佛她得了流感。

唐莉莉带着失望回到了家，MSN上有狐狸的留言：我们见面吧。唐莉莉的心像是被悬在了半空中，她一定要找顾连理问问清楚。已经过了四天了，她终于看到顾连理了。

唐莉莉的第五十二款零食是一盒叫勇气果子的糖，她刚把它放进嘴巴里，又马上吐了出来，那糖果酸得她牙齿都软了，而酸味过后，竟然泛出甜味，顾连理就是那只聪明的狐狸。早在他念高三时，他就悄悄地注意到了这个爱吃零食的高一学妹,只是唐莉莉并不知道,他们原来在同一个校园里,有那么多次的擦肩而过,她却完全不认识他。他暗恋她很久了,终于在自家店里等来了这个刚刚失恋的女孩子,他怎么能不偷笑呢?

> 年少时的爱情，
> 是四面八方来的风，撩动心弦

17岁，我敢和你一起飞

文/良辰

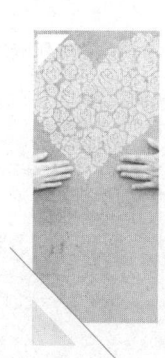

1

下午的阳光泛着橙子的香气，由美直起身子，听见一起值日的夏琳把脸贴到值日表上，抱怨道："那个抄表的景明把我的名字都写错了。"

由美走过去："我帮你改过来吧。"说着，掏出一支黑色签字笔和涂改液，写好后夏琳看了看，说："你的字和景明的好像，简直看不出来是两个人写的。"由美笑着说："你先走吧，我来锁门。"由美是个很乖很安静的女孩子。她会仔细地关好窗户，锁上门。她做什么都让人放心。

检查好门窗的由美，并没有急着离开，她走到第四排最左边的座位上，坐下来，抽屉里有一张废纸，那是她刚刚扫地时，从地上捡起来放进去的。她把它拿起来抹去上面的灰尘，再抚平。然后从书包里拿出一本大书，将纸夹在里面。

晚上回家吃过饭后,她把那张废纸小心翼翼地摊在桌子上,拿起笔在纸上写道:

今天的阳光很迷人,空气里有橙子的香味,你闻到了吗?我早早就回家打球了,把邻校那些家伙赢得很爽。

她停下来。想了想,又加了一句:

我觉得你今天很漂亮。

署名是,景明。写好以后,她把它折起来,继续夹在书里。

2

喜欢一个人可以有很多种方式。像由美喜欢景明的方式就是捡他扔掉的废纸,然后模仿他的字迹写信给自己。有时候,她盯着那封伪造的信一盯就是一个小时。对于一个17岁的女孩子来说,自欺欺人有时候也可以很开心。

第二天,由美继续平静地去上学。景明就坐在由美的斜后方,但他们很少说话。唯一的一次,是班里组织去游乐场,当时大家都去玩笨猪跳了,她不敢,景明是组织者之一,就在下面陪她聊天。也许就是从那天起,她开始喜欢他。常常坐在操场的台阶上远远地看他打球;值日扫他的座位时心里会有种别样的感觉,扫得也格外仔细;平时听到他在身后说话,嘴角会不自觉地弯起来。景明练过字,是班里大小表格的抄写员,由美就去书店买同样字体的字帖来临摹,久而久之,她可以把他的笔迹模仿得很逼真。她用他丢弃的废纸给自己写信,算是给自己漫长的单恋一个回应。虽然,这个举动本身也就是单恋的一部分。

3

情人节来的时候,整座城市都弥漫着粉红色的暧昧,由美偶尔去学校附近的小精品店逛,被一款情侣项链吸引,她犹豫了好久,最后实在没有忍住诱惑,买了一对回家。男式项链的坠子是一块质地奇怪的石头;女式的则是甜美的粉色陶瓷。由美把它们挂在台灯上,越看越喜欢。最后,她萌生了一个大胆的念头。

又一个周一值日时,她把男式的那串项链放进了景明的抽屉,再拿出一封自己写给自己的信,看着看着,就兀自凝神笑起来。

突然,有人闯了进来,她猛地站起身,心脏在胸腔里"咯噔"颠了一下。一看,是夏琳,她忘了带车钥匙。她看了看由美:"你不舒服吗?脸色很不好。"由美摇头:"没有啊。"夏琳不相信:"我送你回家吧。"由美急忙拒绝,可怎么也拗不过夏琳,只好收拾东西和她走了。谁知道,糟糕的事情就这么发生了。因为仓促,那封信掉在地上没被收起来。第二天旁边的男生捡到了,大声在班里读起来。所有人都知道了,班主任也开始追查此事。景明被叫到了办公室。由美害怕极了,如果他被处分或者怎么样,她就要难受死了。可她当时又没有勇气站出来,替他洗清冤情。

好在景明最后没事。想来他成绩好,老师也不会为难他的。由美听说他甚至都没否认那是他写的。也是,面对用他的废纸写出来的和他字迹一模一样的情书,他怎样也脱不掉干系。

为了避嫌,从此他们不再说话,甚至不敢有目光接触。不久,老师把景明从由美身后调开了。

4

在忐忑和难过中,由美默默地学习、吃饭、睡觉。她再也没有见过那天那样泛着橙子香味的阳光了。

后来就高考了。考完最后一门从考场出来的时候,由美在黑压压的人群中看见了景明的后脑勺儿,就那么一眼,然后流动的人群就将他们冲散了。她站在熙熙攘攘的考场门外，突然哭了起来，把来接她的妈妈吓了一跳，以为她考砸了，急忙安慰她："没关系，还有明年，明年再努力。"

她和景明却不会再有明年了，他们被时间的洪流推着，仓促地演完了戏，由美都还没来得及给他摆一个自己最美的造型，他就已经被冲走了。

成绩出来，她毫无悬念地上了本市的一本。班里筹划去游乐场搞大学前最后一次同学聚会。由美没有去，后来夏琳给她打电话："你怎么不来啊？景明终于有机会亲口表白了，你却不给机会。"由美苦笑，没人知道真相，她要一个人把它捂在心里，直到发霉腐坏。

然而第二天，由美收到一条短信，里面说让她去同学聚会的那个游乐场，在东北边最后一条长椅下面找一张字条。她问是谁，回过来的信息说：你去看了就知道。于是她换了衣服，去那里找。果然有一张字条，是一家超市储物柜的小票。超市就在游乐场对面，她去找到那个储物柜，打开，发现里面静静地躺着一条项链。

和她当初买的情侣项链一模一样！只不过，是女式的那款。如果不是知道那条项链一直在自己抽屉的底层压着，她都要以为这就是自己的那条了。

储物柜里除了项链，还有一个信封。打开来，是两张内容一模一样的信。其中之一就是她丢在景明座位上的那张，有些皱，有些脏。另一张很平整，但内容、字体都一样。

她拿着这两样东西回到了游乐场。信息又来了：到玩笨猪跳的台子上来。

由美就像被一个神秘人指引着，完成一项秘密任务一样，紧张又好奇。而当她终于登上了笨猪跳的高台时，景明就站在那里！她先是猜测被应验的狂喜和兴奋，继而转为淡淡的羞涩，最后，她愧疚难当，她对他说："对不起，那封信是我写的。"

景明笑了："我知道。那天我看见值日表上夏琳的名字，就知道了，只有你会模仿我写字。"

由美还想说什么，景明打断了："我记得你不敢玩笨猪跳。"由美点点头，走过去往下看，风呼呼地在耳边吹着，下面的一切仿佛正在向她接近，她就要坠下去了。

她缩回来。景明笑着摇摇头，走过来拉起她的手："我们一起跳，你不用怕。"由美踮起脚和他抱在一起，他身上的味道干燥而温暖，让她的眼泪像断了线一样流下来。"我敢和你一起飞。"她大声说。

头朝下坠落的时候，景明的项链坠子从衣服里滑了出来。是那条男式项链，黑色的，闪着砚石般隐秘的光泽。呼呼的风声里，由美听见景明说："我跑了半座城，才找到这条项链的女生款。"

由美笑了，耳边的气流飞速冲向他们身后，一切都模糊了，地面上有人发出一阵欢呼。那一瞬，由美觉得自己是一只鸟，终于找到了缺失的那一半翅膀。

年少时的爱情，
是四面八方来的风，撼动心弦

牛奶里的爱情*秘密*

文 / 戴西洲

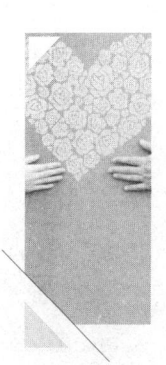

姜家宁喜欢安静的女生，就像沉默的班花程雅君，他不能像校痞一样买PSP（索尼掌机）送给女生，不能凑齐几周的生活费就买得起蔡依林的演唱会门票，他甚至没有一个像样的笑话来逗女生。但爱一个人总是会有属于自己的好办法——聪明的姜家宁总是照顾程雅君家的生意。

姜家宁家离程雅君家开的小卖店不远，每天姜家宁都会从那里路过，然后站在小卖店门口，问问这多少钱那多少钱。他那点儿零花钱，估计早就用完了，他只不过是想看看程雅君在不在，更多的时候都是雅君妈妈在里面。有时候，程雅君也会帮家里看店，姜家宁就装作去买东西，在那里挑啊挑，问这个酱油多少钱，问那个灯泡多少钱，然后找机会跟程雅君搭讪，聊东聊西的。更逗的一次，程雅君看店的时候，姜家宁又逛到了那里，刚起床的程雅君一身睡衣守着店,姜家宁神经兮兮地瞎指,傻里傻气地指着卫生棉说:"这个多少钱?"一下子红了脸的程雅君不知所措,赶紧逃到了里屋,换了妈妈出来:"臭小子,你要买这个?一大清早你要买这个?"姜家宁不知哪儿来的勇气,直接从口袋里掏出五十块钱:"就买这个,你给我来一大包。"程雅君妈妈也没阻拦,就真的把那一大包东西给了姜家宁,姜家宁倒也侠气,直接就塞进了书包里。带着一大包卫生棉上下学的姜家宁,总觉得有些别扭,毕竟那个年纪谈点儿稍微成人的事情都会遮遮掩掩,更何况是一包自己都还没弄明白是做什么用的东西。

可是那包东西怎么也不适合姜家宁,他想退还给程雅君,钱也不要了,当为自己喜欢的女生做点儿什么吧。那天中午放学,姜家宁装病趴在桌子上睡觉,等所有同学都不在教室时,他把那一大包东西塞进了程雅君的课桌里。下午是高考动员讲座,程雅君也没有动书包,大家听完讲座准备整理书包回家时,程雅君把书包一抽,"啪"的一声,那么大一包东西掉了出来,好事者、校痞们、平日里嫉妒程雅君美貌的女同学,纷纷围了过来:"程雅君,你买了这么多这个啊?"还有人问:"这是什么啊?一包一包的?"从脚底尴尬到头顶的程雅君已经不知道如何处理了:"这不是我的……这不是我的……"说完,就趴在课桌上委屈地哭了起来。班长找来了班主任,班主任说不能放学,调查清楚了再走。

班主任脸一黑:"除了程雅君以外的同学全部站起来,今天不搞清楚这件事是谁做的,所有人都不能放学。"班里安静得只听到程雅君委屈的哭声,每个人都在等待那个"肇事者"走出来。这时,班主任走了出去,几分钟后,拿了厚厚的几摞作业本放在讲台上,在那里批改,一副奉陪到底的架势。作业本改到一半时,姜家宁站了出来:"老师,是我做的……我……"

姜家宁被带到了办公室,一五一十招了,然后是写检讨、罚站。

招什么都无所谓，写什么也无所谓，漫长的罚站也无所谓，姜家宁觉得自己都可以应付，只是程雅君，那么伤心的程雅君，是不是恨极了自己，是不是从此就失去了彼此？

当晚，程雅君早早睡了，姜家宁一见程雅君妈妈忙赔不是，程雅君妈妈知道东西是从自己手上出去的，也不想多责备姜家宁。两个人说着说着，就拉起了家常，把程雅君在学校受委屈的事抛到九霄云外了，聪明的姜家宁，走的时候给程雅君妈妈深深鞠了一躬，错认得彻底极了。

卫生棉风波后，程雅君变得沉默了许多，有事没事姜家宁还是会去照顾生意，每天早早地在程雅君家店里买一盒牛奶，在盒子上写"对不起"，悄悄地放在程雅君的抽屉里。姜家宁知道那天的事情让程雅君在班上受了委屈，他不敢去道歉，他害怕程雅君说出讨厌他之类的话，这会让他心中的梦一下子碎掉。年少的时候，喜欢一个人，悄悄地放在心里是最妥帖的，你若惊动了那个人，她也许从此就消失不见了。

就这样，姜家宁每天早早起来，到程雅君家的商店买一盒牛奶，然后边走边在牛奶盒上写"对不起"，久了，他也会把空闲时读到的美丽的句子顺带写上去——"思念有时像绵长的海岸线，怎么走还是那么长"。小小的牛奶盒，像一方寄托着无限思念的天空，把姜家宁的歉意带给他思念的人。程雅君倒也不拒绝姜家宁的牛奶，每天都喝掉，这种谨慎如走钢丝的情感，就一直这样来往着。

姜家宁不敢肯定程雅君是不是原谅了自己，至少也是有些原谅的吧，因为有时去小卖店买东西，还是会偶尔碰到帮妈妈守店的程雅君，她不会躲开他，面带微笑地看着他，帮他把买的东西擦得干干净净，找最新的零钞给他。但姜家宁不明白，为什么程雅君的世界一直都如此安静，她也不主动找自己，也不拒绝自己送去的牛奶，就这样任凭岁月在自己小心翼翼的试探中前行，就这样一直持续到毕业，姜家宁稳稳当当地过了一本线，而程雅君也上了市里的二本。

已经毕业了，可能从此就是各自天涯。年轻并不知道做什么或不做什么才是所谓的珍惜，只知道爱一个人，就为她做一些爱她的事，这一刻他鼓起勇气向程雅君说了，"对不起，我喜欢你"，程雅君看着姜家宁笑了笑，带着他来到自己的房间。

从程雅君房间推门出去，阳台的窗户上，大片的白色映入眼帘，那里整整齐齐摆满了一阳台的牛奶盒子。姜家宁走过去，盒子都是空的，盒子上依稀可见自己的字，字的下面，多了一行字——"没关系"，更下面是用彩色笔注明的日期，程雅君随意拿起几个盒子，只要写有"对不起"的盒子，下面都有"没关系"的回复。整整一百多个牛奶盒，全部都有程雅君写的字。程雅君拿过姜家宁手中的牛奶盒摆到原处说："其实一开始我就没有怪你，但我不能跟你说。你基础好，你家里对你期望很高，让你到这个学校来寄读也是为了让你考上好大学。我每天乖乖地收下牛奶，这样就不会影响到你了。我也学你，把心里想说的话都写在牛奶盒上。你看这些牛奶盒子多么壮观，它们可是有属于我和你的牛奶盒秘密呢！"

那天姜家宁和同学一起在程雅君家玩到很晚才回家，程雅君把大家送到巷子口，回头说"再见"的姜家宁抬头看了看程雅君家的窗台，窗台上堆积的白色牛奶盒，像爱一样往外蔓延，那一盒一盒的，是两个人合写的甜美日记，是用爱的力量堆积起的朴素情感！

> 年少时的爱情，
> 是四面八方来的风，撩动心弦

亲爱的你，可不可以**不忧伤**

文／琴台

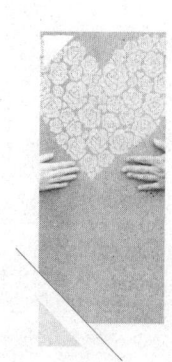

1

四月的南方，樱花招摇放纵。路边的小酒吧，夏川从软软的沙发上撑起头颅，远远看到陶荔白衣长发的身影。

夏川没想到，时光会有化腐朽为神奇的力量，将一个女孩从顽石雕琢成美玉。

从陶荔眼中，夏川看得出自己的出现并没有给她带来任何讶异，她第一句话是："莲禧的娃娃满月，她来不了了。"夏川尴尬地笑。

校友们扯着陶荔的长发："怎么想起改头换面了，你的大背包呢？"

陶荔爽朗地大笑，长长的睫毛上跳跃着光芒。那些过去，就像一页翻过的书，从此说了永别。

可夏川，却一直记得十六岁的那个夏天。

2

十六岁的夏天。巨大的榕树罩下浓重的影子,夏川和莲禧躲在清凉的树影中。

莲禧探过一根小手指,上面黏着苎麻花柔软的花瓣:"猜猜,什么东西比花瓣还要软?"

夏川猜不出,莲禧眼里倏然蹦出一束火焰:"闭上眼睛。我就告诉你答案。"

夏川合拢眼睛,苎麻花绿色的香粉铺天盖地罩下来。他贪婪地深呼吸。唇上忽然落下热乎乎的吻。五脏六腑,石破天惊。

他从此上了瘾。图书馆的角落里,操场的篮球架下,花圃边的长椅上,夏川一次又一次俯下沸腾的身子,含住那枚比花瓣还要柔软的唇。

那天晚自习放学,夏川扯了莲禧向灯光的黑影里闪,不想短发的陶荔冲了出来。

她瞪着灼灼的眼睛:"小色鬼,你给我放老实点儿。如果莲禧有了娃娃。你们俩都要被开除。"

莲禧的面孔一下子绷紧了。她惊悸地想起那些长吻。

3

夏川恨死了陶荔。因为莲禧再也不理他了。

他四处尾随莲禧,想接近她。白日里莲禧不给他这样的机会,午夜的月光下,她却笑嘻嘻地嘟着花瓣一样的唇钻到他梦里来。

尽管小心遮掩,夏川的床单上还是有了被同学取笑的痕迹。

众人的戏谑中,夏川恨死了身体里的那个魔鬼,更恨的是陶荔。

他开始捉弄她。池塘里的绿青蛙,叶子上的毛毛虫,濒死的小鸟。夏川看着陶荔坐到位子上,拉开抽屉,白着脸尖叫起来。可是她不哭,很快处理掉那些恐怖的东西。夏川好失望,他想要的就是她泪流满面受伤害的样子,可陶荔偏偏不遂他的愿。

他只好想更恶毒的办法。

4

巷子里的阿呆,早早失学,头上挑染着五彩的颜色,挽起袖子的胳膊上,左青龙、右白虎,一副杀气腾腾的架势。

夏川狠心贡献出老爸送的生日礼物:苹果 MP3(数字多媒体播放器),小心地嘱咐阿呆:"只要她吃点儿苦头就好。"

周末的傍晚,陶荔从校园出来,上大马路之前,阿呆从路边荒废的房子中跳出来,锋利的水果刀抵住她的后腰:"跟我走。"

夏川以为,陶荔的眼泪一定会下来,却没想到,她假意提鞋子,一转手就从背包里掏出同样一把明晃晃的水果刀。

阿呆吃了一惊,和陶荔扭打在一起。夏川心惊肉跳地猫在隔壁的窗子前,阿呆将一块砖头拍在了陶荔头上。

血顺着陶荔的额角淌下来,陶荔的眼泪终于下来了。夏川想逃,却见阿呆忽然直了眼睛。扭打中,陶荔的衬衣扣子掉了,玫瑰红的胸衣半掩着雪白的肌肤,阿呆的眼睛里蹿起火焰。

陶荔一边遮挡衣服,一边大喊着救命向外跑。阿呆猛虎一样扑上来。夏川完全傻了,他昏头昏脑地跳出来,抄起一根棒子,狠狠敲在阿呆的脑壳上。

那天,陶荔扯着他的手拼命跑了好几条巷子,呜咽着告诉夏川,如果阿呆死了,她会去抵命的。陶荔根本没有意识到,她万分感激的这个男生,才是这场灾难的始作俑者。

夏川步履蹒跚地回了家,几天后,在窗外见阿呆额角包着白纱布。

阿呆没有死。他迫切地告诉了陶荔这个好消息。

陶荔也很兴奋,她低声说:"对不起,如果你愿意。我帮你喊莲禧出来。"

夏川的脸一下红了。他奇怪地发现,身体里的那头怪兽,不知怎么消失了。回学校的路上,他远远看见莲禧,一瞬间格外轻视自己——我怎么会爱上一个小眼睛的女生!

5

夏川的英文不好,陶荔牺牲自己的午休时间给他补课。静默枯燥的夏日午后,夏川静静地看着抱着书本飞奔而来的陶荔:"你为什么不穿裙子?"

陶荔用厚厚的书脊去敲夏川的头:"昨天的单词都记住了吗?"

夏川不依不饶:"为什么啊,为什么你不穿裙子?"

陶荔的故事在十七岁生日那天揭开了谜底。

原来陶荔是单亲家庭长大的孩子。十岁时妈妈去世,她跟了继父两年,而后,那个男人进了监狱,陶荔回到生父身边,拒绝长发与裙子,终日与硕大的背包为伍。

夏川愕然地看着陶荔红着眼睛从背包里取出刀、绳子、面具。

"如果遇见坏人,刀子可以自卫;如果不小心跌下悬崖,绳子可以攀岩上来;走夜路,戴上面具可以给自己壮胆。"陶荔絮絮叨叨,夏川忽然觉得鼻孔酸麻得疼痛起来。

天空高远蔚蓝,身边的这个女生,心中却藏匿着这样的黑暗和疼痛。

夏川觉得自己的心像被捅出一个洞,汩汩的同情和怜惜潮水一样淹没了他。

6

夏川的英语成绩追了上来，可他越来越喜欢和陶荔在一起。

夏川无数次约陶荔去看海，可陶荔总是有这样那样的事情。

夏川急得要死，他在沙滩上用大大的贝壳写下了陶荔的名字。星座传奇上说，如果沙滩上写下一个人的名字，隔夜不被海水冲掉，而且那个人还能看见，他们就能相互深爱一辈子。

让夏川绝望的是，海水冲走了陶荔的名字一次又一次，她却一次都没有到海滩上来。

不久后，她再也不给他补课了。

夏川追着她询问原因，陶荔只说自己也要参加高考，根本没有时间。

夏川很伤心。高考之后，他买了一件带流苏的白裙子，快递给陶荔。

成绩出来了，夏川去了广州，陶荔上了本地一所师范。

夏川给陶荔写过很多信，她一次都没回。广州暴烈的阳光下，夏川躲在木棉树的阴影里，看来来往往穿着白裙子的女生，想象陶荔穿上那条裙子的样子。

及至今日，夏川才发现，穿着白裙子的陶荔比想象中的还要美。

聚会散了，夏川加了陶荔的QQ。她没在线，他偷偷进入她的空间。

那里藏着夏川一直想知道的答案。有个女孩，十一岁时被继父强暴，从此再也不敢做一个正常的女孩。后来，她爱上了男生夏川，也看到了他写在海滩上的自己的名字。可是，她却不能接受，因为，莲禧认为她横刀夺爱，会将陶荔的丑事公之于众。

夏川的眼睛湿润，这个傻瓜，因为十一岁时那道久远的伤痕就拒绝了他这么久。

他拿起手机,给她发短信:马上到海边等我。

他笃定她会去,因为,陶荔QQ空间的访问密码,是一个问题:我最爱的人是谁?夏川犹疑着输入自己的名字,然后,爱情的门,轰然洞开。

莫奈先生，请一定要幸福

文 / 苏繁烟

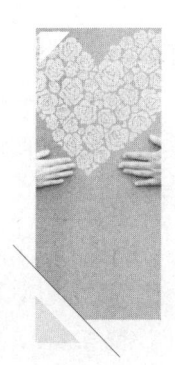

1

小麦觉得盖盖同学一定是交了有钱朋友，一个月没见，它竟然胖得圆滚滚的。"这才多久啊，你就叛变了！"小麦想不通，就伸脚踢了踢盖盖。

半年前，小麦在垃圾桶里捡到了一只长相不错却奄奄一息的猫，给它起了个很酷的名字：盖盖。

盖盖醒了，却一下蹿到了小麦的身后。小麦想把它抓回来，转身就看到了一个男子，他穿格子衬衫、牛仔裤，蘑菇头，唇红齿白，笑起来右脸颊有一个浅浅的酒窝。

小麦从来没见过这么好看的男子，她看呆了。

男子说："你干吗欺负我的锅贴？"

什么什么？他竟然叫盖盖"锅贴"，多难听的名字啊。

理论不过他，小麦使出撒手锏，哭了起来，男子缴械投降，他对小麦说："好吧，我退一步，以后我们一起照顾它好了，以后就叫它锅盖好了。"

"为什么把我的'盖'字放在后面？"小麦还不满足。

"你是想叫它盖锅吗？"男子突然笑了，笑声爽朗，让小麦有片刻的失神。

2

男子告诉小麦，他叫莫奈，在步行街头的简餐店打工。

莫奈24岁，刚刚考取了市里一所重点大学A大的汉语国际教育研究生，还没有开学就在大伯的店里帮忙。

大家都喜欢称呼莫奈为莫奈先生，这听上去很好玩。

好像所有人都喜欢莫奈先生。

时间一长，小麦觉得莫奈先生有点儿变了。

十一假期结束以后，他来简餐店的次数越来越少了，再后来，直接消失了。

小麦午饭的时间变得很寂寞，就趴在餐桌上数米粒。那个大胡子老板经过她身边的时候，会拍拍她的头说："莫奈叔叔开始读研究生了，你应该像他一样好好学习，将来做一番大事业。"

是啊，能考上A大的研究生是多么了不起的事情，莫奈先生很优秀。

幸好，在快开学的前两周，她逮到了莫奈先生。

莫奈先生提着大大的行李箱风尘仆仆地奔到宿舍楼前，将手围成喇叭状对着四楼的窗户大喊："许薇薇，我回来了。"

锅盖认出了莫奈，它从小麦的怀里蹿到莫奈的脚边。

莫奈转头就看到了小麦，小半年没见，这丫头竟然长高了，他给小麦介绍："这是我的女朋友许薇薇。"托许薇薇的福，小麦开始频繁地见到莫奈先生。偶尔，他也会带着锅盖去约会。他的脸上有淡淡的笑，这就让小麦觉得很满足。

3

小麦升初二的时候，莫奈先生以志愿者的身份到韩国的孔子学院顶岗实习一年。

一年的时间并不长，却足以改变很多事情。

比如那个冬天，锅盖生了一场大病，由于没有得到及时的照顾，在一个大雪天里死掉了。

比如开春以后，没了莫奈先生那辆草绿色的电动车，许薇薇开了一辆小小的甲壳虫，和另一个男人说着话，笑得很开心。再比如夏天以后，莫奈先生明明回国了，却不再来第一中学。

小麦去找莫奈先生。

此刻莫奈先生坐在学校操场的水泥台阶上抽烟，小麦笑呵呵地冲过去，大喝一声"obba（哥哥）"，吓得莫奈打了一个激灵。

小麦觉得莫奈先生有一点儿失落，才一年的光景，他没有了许薇薇，没有了锅盖。莫奈先生并没有说话，只是伸手将小麦揽进了怀里。莫奈先生哭了，眼泪落进小麦的脖子里，凉凉的，小麦也哭了，她第一次那么乖巧地说："莫奈叔叔，我们都要好好的。"

4

莫奈先生读研三，小麦读初三。

一大一小的两个人经常趴在小公园的石桌上一起看书。那段时间，小麦的英语突飞猛进，甚至能在上课的时候与英语老师进行对话。

上英语课的时候小麦经常会想起许薇薇来，升初三以后，许薇薇没有跟班，而是回头又教初一。在校园里遇到，小麦对许薇薇冷眼相向，倒是许薇薇，拦下小麦说："我要结婚了，这个是喜帖，麻烦带给你的莫奈叔叔。"

小麦觉得许薇薇好坏，她将喜帖扔进了垃圾桶里，然后在许薇薇结婚的那个周末，与莫奈先生在市里的游乐场玩了一整天。

莫奈先生去了北京。这一年，小麦15岁，中考结束后，她到火车站送别莫奈先生。

莫奈揉揉小麦的头发说："小麦，你要努力哦。"

小麦就笑了，笑着笑着又哭了，她在心里说：再见了，莫奈先生。

绿皮火车带着莫奈先生驶离了这座城市，望着远去的列车，小麦喊："亲爱的莫奈先生，请一定要幸福。"

15岁，记忆里总会留下点儿什么，朦朦胧胧说不清，但女生叶小麦，却忽然长大了。

路过青春，守不住你

文 / 麦小 M

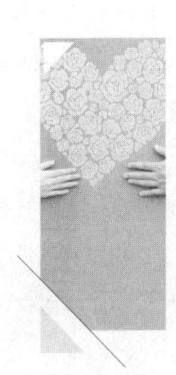

1.你是没毛的娘，我是没毛的爹

莫小贝送我一只狗。

我冲他噘嘴："你知道我不喜欢小动物，干吗买狗送给我？"

莫小贝笑得眼睛眯成一条缝："它很可爱的，你肯定会喜欢上它。"

我没好气地从他手上接过小狗。小狗只有几个月大，土黄色的光溜溜的毛，柔软的身体在微微的寒风中瑟瑟发抖。

莫小贝说："它叫没毛，从今天起，你就是没毛的娘，我就是没毛的爹。"

莫小贝是我的发小。从穿开裆裤的小屁孩到幼儿园，接着是小学、初中，然后是高中，莫小贝一直在我左右，阴魂不散。好不容易熬到高中毕业该上大学了，莫小贝又和我填报了一样的学校。

看着莫小贝手里和我一样的通知书，我的心情跌到谷底："莫小贝，你敢不敢离我远一点儿，别再烦我了？"莫小贝笑得一脸纯真："我怕我不烦着你，你的生活就没了意义，变抑郁了。"

于是，在大学校园的每一个角落，莫小贝都会和我形影不离。哼，真是冤家。

抱着没毛回到宿舍，小艾激动得不得了："你们家莫小贝真有眼光，这狗狗真好看！"

我没好气地说："声明：莫小贝可不是我们家的。你要喜欢，狗和莫小贝你都收留了吧。"

2.你没有白马，我喜欢王子

我跟莫小贝说："你总跟着我，我去哪儿找白马王子啊？"

莫小贝伸手敲敲我的脑袋："要是真有王子看上你，早就来找你了。你呀，就是丫鬟的命，你就安分地等着樵夫吧。"

我说："莫小贝，你就好好损我吧。我倒要找一个王子给你看看。"

话说出去了，王子也真的找到了。周末的时候，我去学校周围的商场给没毛买狗粮，一转身不小心踩到后面人的鞋子，慌乱中连忙道歉，抬起头来却看到一张令人怦然心动的脸。

帅哥看上去温和而帅气："你是外语学院的学生吗？"

我点点头。

他说："啊，那我们还是校友呢。以前怎么没见过你呢？你好！我叫苏然。"

苏然？我抬头看他，这就是我命中的白马王子吗？

一连几天，我的心都跳得"咚咚"的。因为苏然捧着火红的玫瑰，站在女生宿舍楼下唱情歌；他还骑着单车带着我去郊区野营；还有还有，他送给我一只小狗，一只纯种的法兰西天使。

于是有一天，我终于骄傲地对莫小贝说："我的王子找到了，不仅有白马，还有绝对纯种的贵族狗狗呢。"

3.大道朝天，各走一边

我和小艾坐在操场边看苏然和莫小贝打篮球，没毛和毛球趴在我们的脚边。毛球是苏然送我的狗狗，我和没毛总是合不来，它看见我的时候总是一边后退一边狂叫。我说："莫小贝，你送的狗跟你一样，和我气场不合。"莫小贝不说话，把没毛抱在怀中，轻轻地抚摸。莫小贝已经不再像以前一样爱跟我抬杠了，他安静地听我说话，像换了个人一样。

小艾问我："沫沫，你是不是一点儿也不喜欢莫小贝？"

我转头，苏然正好投球。他高高跳起，篮球从他手中以完美的弧度划向篮筐。太阳照在他的脸上、身上，好看极了。莫小贝站在苏然的身后，整整比他矮了一个头，细长的小眼睛又眯成了一条缝。

我说："自然啊，我有苏然，怎么会喜欢莫小贝呢？"

小艾说："既然你不喜欢莫小贝，那我就追定他了。"

于是有一天，莫小贝来问我："沫沫，小艾说她喜欢我……"

我一巴掌拍到他的脑门上："你傻呀，小艾这么好的女孩子看上你，你不赶紧感天谢地，还在犹豫什么啊？"

于是，七月的校园，我和苏然在校园里遇见小艾和莫小贝。淡淡的花香中，苏然挽着我的手臂，莫小贝身边走着小艾。

擦身而过的瞬间，我突然有种怪怪的感觉。我说："苏然，我们要好好地相爱，一定要相爱三个月，三年，三十年，一辈子。"

4.我成了丫鬟，却找不到配对的樵夫

莫小贝还是会到宿舍来，可是他是来找小艾了。早晨起床，他给

小艾送早餐；宿舍停水，莫小贝就从教学楼一桶桶地提水过来；小艾病了，他背她去看病。我站在宿舍楼前，看到小艾趴在莫小贝的背上，竟然有种说不出的感动和嫉妒。

莫小贝问我："你会一直和苏然在一起吗？"

我把头仰得高高的，骄傲地说："当然，你难道看不出我有多幸福？"

莫小贝转头看看我，把没毛抱在怀里，转身出门了。

我的心里突然酸酸的。我把自己的手放在苏然的手心，撒娇地靠在他的肩头，我说："苏然，你要说话算数，等一毕业，你就赶快来娶我。不然，莫小贝又要笑我了。"

莫小贝是该笑我了。大四的第二学期，苏然突然对我说，他要出国了。

我站在学校的合欢树下，睁大眼睛看着他。明晃晃的阳光照在我的眼睛里，刺得生疼。我喃喃地问："那我呢？我该怎么办呢？"苏然不说话，低下头，用脚踢着小石子。许久许久，他才抬起头来："沫沫，这是一次机会，对我很重要，你必须理解。"我背过身去，穿过温暖阳光照耀下的校园，眼泪纷落，原来这样就算失恋了。

5.我在山这边，你在天那边

我生病了，发烧到三十八点八摄氏度。

小艾守在床边，喂我喝着莫小贝给她送来的绿豆粥。她说："沫沫，我和莫小贝要去西北支教了。"

晚上躺在床上，收到莫小贝发来的信息，他说：

沫沫，还记不记得有一年我们去看摄影展，有一张照片叫《流年》，大大的转经筒旁是一张饱经风霜的脸。我记得当时你很喜欢，还说毕业以后要去西北看看。现在，我去西北了，就算是帮你完成心愿。当然，祝你和苏然幸福。

不知为什么看到莫小贝发来这样正儿八经的信息，我的眼前突然模糊一片。

去火车站的那天，莫小贝和小艾在绿皮火车上笑得一脸灿烂，我在火车下装出一脸灿烂。我说："莫小贝，你要对小艾好啊，我终于把你成功转让了。"

莫小贝却看看我，问我："苏然呢？你怎么一个人来？"

阳光照得我直想流眼泪。我说："他实在是太忙了，你知道的。"

火车快开的时候，莫小贝突然跳下来，紧紧地拥抱我。他用了很大的劲儿，疼得我龇牙咧嘴。

他附在我的耳边，一字一顿地说："沫沫，你要幸福。"

我扒着他的背抽搐着，眼角余光感觉到小艾幸福的笑容，指尖触及莫小贝坚实的肩膀。火车开动，青春散场，幸福已从指尖溜走。

年华离去
后会无期

文 / 雪小禅

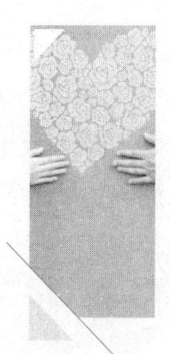

事隔多年,我仍然记得那个下午的光阴,它仿佛一块胭脂红,多年之后,仍泛出晶亮的光泽。

我喜欢他。

他的眼睛、眉毛、嘴唇、声音……他的一切。甚至那有些破的球鞋——他是邻班的男生,有着精致的五官和无比动听的声音。

但他要走了,要去当兵,他要飞了。

我再也不能刻意绕到他的班级假装上厕所去看他了,再也不能跟在他自行车后面了……知道这个消息时,我跑到校外的杨树林里放声大哭。

太阳明晃晃的,热,干,空气中的蝉鸣,无限放大着这种空洞和虚无。我逃课了,决定去看他。

他在很远的小镇上。可我仍然决定去。

这是个大胆而放肆的决定。他并不认识我,我们之间半句话也没说过。

骑上我的破自行车。我疾驰于去那个陌生小镇的路上。

的确是陌生的。全是土路,沸腾起来的土扑到我的脸上,和汗水混在一起。刚下过雨的地被太阳曝晒,尘土有莫名其妙的味道,我喜欢这味道,喜欢去看一个人的感觉。

自行车很破,骑一段链子就会掉,我一边挂链子一边哼着不成歌的小调,哼的什么不重要,重要的是我有轻快的芬芳的心情,带着刺激与喜悦。

我这是去看自己喜欢的一个人哪!

日头很毒,我的皮肤都晒烫了,我口渴,但没有卖水的,我只有骑,只有往前走。

我想,我快中暑了。嗓子冒烟,更热了,白衬衣快成黑的了,一道一道的浮尘和汗水混合在衣服上。

鞋子里也全是土,但我心里是喜气的,又害怕,又心惊胆战,见了他说什么,说我喜欢他?不,我不会说的!我只看他一眼就够了,就看一眼。就一眼!

中途我还迷了路,去了另一个小镇。又打听了几个人才找对,到他的家门口时,天色已晚。

我站在他家门口,手脚冰凉。

悄悄进了院子。看到一个少年的背影。

心怦怦直跳。

可是,不是他。

比他矮一些,胖一些。他回过头来。"你找谁?"他问我。

我说:"我找……"我小心地说出他的名字。

"我哥去奶奶家了。"

我忽然感觉四肢无力，好像要倒下一样，我勉强笑了一下，然后飞奔出来，我跑得很快，骑上自行车疯狂地跑着，好像后面有什么人追我一样。

"你是谁呀？你是谁？"他弟弟在后面嚷着。

"我是谁重要吗？这重要吗？我不能说我是谁，我只知道，我来找他，他不在，他不在呀！"

我不知道我哭了多长时间，一边骑一边哭。风来了，吹着我的眼泪，脸上东一道西一道，脏透了，乱透了，我的心里，伤心透了。

自行车扎胎了，我在星光下推着它，一步步地往回走。

半夜里，我回到家，喝了很多凉水。倒在床上，再也不能动了。

后来我发烧，病了几天。我好了，他就走了。

后来的后来，他娶妻生子，我嫁为人妇，我们过着各自的生活。他并不知道，曾经有一个女孩子，在她17岁那年夏天的一个下午，走在赶往看他的路上。我想，有些事情，有些爱恋，只是一个人的事情，与他，并无关联。

但我记得那个下午的光阴。记得那些路过的树，记得那暴烈的阳光，阳光下的汗水，我哼出的跑调小曲，记得自己羞红的脸。人生真的很长，但是，人生又这样短，短到我忆起这一幕光阴，仿佛昨日。

微笑只是你的保护色

文 / 麦九

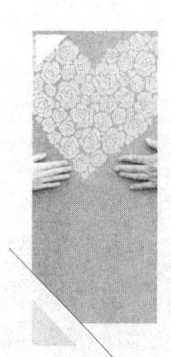

郝豆豆像条丧家之犬坐在人才招聘中心的外面,她走到哪儿都遭嫌弃,就连面试,都是第一关就被刷下来了。

郝豆豆有两句口头禅。

一句是,等我瘦成一道闪电,第一件事就是劈死你。另一句是,哎呀,我的无厘头小人生。纵观郝豆豆的小半生,还真是被无厘头泼得浓墨重彩、淋漓尽致。从小父母就由于各种原因分居两地,郝豆豆跟着爸爸一起生活。

肥胖的她受不了同学的冷嘲热讽,决心去减肥,每天跑步上学、跳绳、做运动、不吃饭。老师当着全班同学的面,把郝豆豆说了一顿,说女孩子不要太爱美,胖点儿没关系,要是因为减肥出了什么事,谁负得起责。

郝豆豆终于放弃减肥,于是,郝豆豆整个童年都变成一个冷笑话，吃饭睡觉打豆豆，她是现实版被欺负的那个，直到何泊然出现。

何泊然的出现，简直像一道圣光，照亮了郝豆豆苦闷的人生。那是小学最后一学期，不知道哪里跑来一个疯子，冲进学校到处找人，衣衫褴褛，疯言疯语，吓坏了课间休息的小学生。大家尖叫着到处跑，郝豆豆反应慢了些，被疯子抓住，他捏着郝豆豆的肩膀问："你是不是我女儿？我女儿……"

无人敢靠近，郝豆豆被吓得只剩一口气。突然，有个小男孩蹿了出来，朝疯子扔石头，喊道："她不是，你女儿在那里。"边喊边往其他地方跑，引开了疯子。

老师和保安终于赶过来，只是虚惊一场，郝豆豆跑去看救她的小男孩，哎呀，她认得，他是学校的风云人物——何泊然，学霸，长得还很帅。两个人就这样成为朋友。何泊然有很多朋友，郝豆豆只有他一个朋友，郝豆豆再遇到何泊然，是在高一。郝豆豆一个人沉默地走在走廊上，迎面走来一群人，她下意识地躲到一边，继续走，听到后面一声惊呼："豆豆！郝豆豆！"郝豆豆回头，看到一个少年被围在中间，兴奋地走过来。

是何泊然，郝豆豆一眼就认出来了。何泊然看起来很开心："认不出我了吗？我是何泊然啊！"

他继续说："你没怎么变，还是这么——"

最后那个字，被他委婉地咽回去了。他把郝豆豆推出去："这是豆豆，我小学同学，很仗义的。"郝豆豆当然不会计较，何泊然还把自己介绍给朋友，她简直感激涕零。她望着何泊然，俊朗帅气，心跳得像打鼓，怦怦地要跳出来。

何泊然对她不错，有时会和她开些亲密的玩笑，偶尔会拉着她的手。郝豆豆就会想，我对他来说是不同的吧，但他有时候又冷冰冰不理人。忽冷忽热，郝豆豆的心真是备受煎熬，冬夏两个模式来回切换。说何泊然对她不一般吧,他跟其他女生也玩得好,还给校花写信呢。

郝豆豆这冰火两重天的日子,在一个冬夜结束了。

文理分科时,郝豆豆找爸爸商量,爸爸难得地和颜悦色,让她自己决定。说完,爸爸没有马上离开,反而坐下来,问道:"爸爸要去外地工作了,你有什么想法?"

一瞬间,郝豆豆全身冰冷,她的心往下沉:你都决定好了,问我有什么想法,我能有什么想法?郝豆豆摇头,爸爸出去了。作业是写不下去了,郝豆豆很想找个人聊聊,说她被丢下了。何泊然QQ不在线,打电话被挂掉,最近他总是很忙。

爸爸收拾好行李离开那天,奶奶还在絮絮叨叨:"豆豆,你爸爸走了,不要就以为没人管你,要好好学习。"郝豆豆一边麻木地听着,一边装作满不在乎的模样。晚上很冷,她没穿外套就走到何泊然家,只想找个朋友聊聊。结果看到他和校花在一起,校花手上还拿着一个限量版公仔,那是郝豆豆拜托朋友从日本千方百计买到,送给何泊然的,他就这样随便送了人。那一刻,郝豆豆心凉如冰。

郝妈妈看不下去,把女儿接到身边。第一件事就是帮她转学,转到省重点高中。

郝豆豆要离开时,才跟何泊然说,一起玩的朋友叫喊着让请客,郝豆豆说好。她请他们到学校附近最贵的餐厅,点了最贵的菜,吃到一半,她借口去洗手间,溜了出去,没再回去。郝豆豆把手机关机,在回家的路上想着他们埋单找不到人,边笑边哭。

郝豆豆想不明白,她只是想像别人那样,有个好朋友,她并不奢望何泊然的感情。

她没再联系过何泊然,何泊然也没有主动联系她。

然而命运似乎特别眷顾她。大学时,他们竟考到同一座城市。他们是在火车站遇见的,郝豆豆和过去一样,一眼就认出了人群中的何泊然。何泊然也看到了她，盯着了她好久，意味深长地说了句："郝豆豆，你真是害惨了我。"

那顿饭可不便宜，郝豆豆哈哈大笑，两个人一笑泯恩仇。

这又开始了郝豆豆无厘头小人生的另一段悲剧。

大学嘛，课就那么多，时间多得发霉。宿舍的姑娘陆续开始谈恋爱，郝豆豆免不了蠢蠢欲动。她已经开朗多了，彪悍的体重也锻炼了她彪悍的神经，胖怎么了，胖子也有被爱的权利，况且，郝豆豆除了胖点儿，长得不丑，追她的人还是有的。

何泊然动动手指，发条短信，郝豆豆又上钩了。

那年圣诞节，何泊然打电话给郝豆豆。郝豆豆放下手中的事去找他，陪他散心。到了晚上，街上都是出来约会的男女朋友，老天还很应景地飘了雪。一路走来，碰到好几对，女孩踮起脚帮男孩围围巾。

何泊然无限伤感地问道："豆豆，你能为我织条围巾吗？"

郝豆豆不会织，不敢贸然答应。她把何泊然送回宿舍，立刻去买了毛线。

她要给何泊然一个惊喜，送给他当新年礼物。

按捺住心中的焦灼，郝豆豆约了何泊然，郝豆豆在约好的地方等了半天没等到人，最后只好到宿舍找他。何泊然不在，电脑开着，上面的对话框还亮着。有人给何泊然留言"我想你"，何泊然就飞奔而去，连电脑都来不及关。郝豆豆坐下来，呆呆地望着何泊然的QQ。何泊然做事很有条理，给每个人都改了备注。郝豆豆被分在小学同学组，备注赫然是殷勤的胖子。原来她对他的好，只是殷勤。那一刻，郝豆豆没有哭，只感到心死，万念俱灰。

郝豆豆觉得可悲，原来这么多年，她还是那个拿着糖去讨好别人的小胖子，糖分光了，小朋友也跑光了。他短暂的停留，只因她对他的好，如果不需要，就可以走开，毫不留情。

郝豆豆没再找过何泊然,她把围巾留下了,算是她为他做的最后一件事。求职之路可想而知,郝豆豆像赶场子一样去招聘会,累得跟条狗似的,也没能把自己成功地签出去。她经常是冲上去,厮杀一番,然后像个loser(失败者)被扔出战场,乞丐般蹲在外面,抱着简历,一瓶水、一块面包,吃饱了,继续去找工作面试。

也不知道被拒绝了多少次,郝豆豆怒了,在又一次被拒绝后,她缠着人事,非要给她一个理由。大学四年,她除了在何泊然身上犯傻,一点儿不比别人懈怠,相反,她很努力。人事烦不胜烦,郝豆豆说:"你试一下都不愿,怎么知道我不行?"没人理她,她失控地喊:"胖子得罪谁了?"

公司的老板走出来,把简历拿过去,问道:"你凭什么让我聘用你?"

"给我一个机会,我会证明给你看。"郝豆豆几乎是斩钉截铁地把这句话喊出来,空口无凭,她甚至做了个试用期她会瘦三十斤的承诺,老板很感兴趣,留下了她。试用期,郝豆豆很拼命,老板是个创业没多久的年轻人,对郝豆豆有印象,经常帮忙带一把,郝豆豆也很上道,她的业绩和体重成反比,业绩在升,体重在降。

试用期过后,郝豆豆拿到了薪水最高的offer(录用通知),老板向她道歉,说没有人能否定她。六月谢师宴,他们吃完饭,又去练歌房。一堆人走出去,迎面走来另一拨人,里面有何泊然,他也是今年毕业。两个人几乎是面对面擦肩而过,何泊然没有认出她,走出几步,回头喊:"豆豆,郝豆豆?"郝豆豆没有回头,她找不到回头的理由。

那晚,所有人都找她玩。因为她一跃而上,打败了学霸,羞辱了才子佳人,成了班里最牛的毕业生。胖子大逆袭,简直创造了奇迹,连老师都说要向郝豆豆学习,她成了励志的典型。

她不过是把自己变瘦了,放进现实的躯壳。对她来说,没有所谓的逆袭,也没有所谓的成功,她已不是她,但这又是她。

　　不过在这二十二年的无厘头小人生中,郝豆豆还是学会了一点,那就是更好地爱自己。以后她再也不会用钱去收买友情,也不会卑微地去讨好爱情,她学会了,爱和尊重从来都是相互的。

　　她会继续好下去,如果哪一天,就算她重新变成胖子,也会是个快乐向上的胖子。没有人能再轻易伤到她,她是郝豆豆,不是任人欺负的豆豆。

◆ 第二章

一段成熟的感情,
是春天细密的春雨,
润物无声

让你重新
爱上我

文/羽毛

起初,这不过是一对贫寒伴侣的普通爱情故事。

他在广州的某经济开发区当业务员,而她是某外贸公司的文员,偶尔在一次小聚会认识,一见钟情。

两个人都是初恋:逛个街,吃碗拉面,爱的幸福度几乎爆棚。

热恋三年后,他随她回到湖南老家,准备提亲。那天,他从超市买完礼物出来,正看见一辆大货车横冲直撞地开来,等在路旁的女友被撞飞,又坠落。

他的魂魄都散了。

女友被送到医院,诊断为"急性重度颅脑外伤",生命垂危。他在手术室外心急如焚。四个小时的手术后,医生说:"她将度过一个危险的昏迷期,起码需要十万元的护理和治疗费。如果过了十五天都不能苏醒,也许将终生成为植物人……"

他扶着墙,才能站住。

到哪里去筹措高昂的医疗费？女友家境贫寒，而他的所有存款不过三四万。他赶去肇事者的家，对方也是一贫如洗，拿不出钱来。

万般无奈之下，他找到当地日报社，请求帮助，只要谁能负担部分医疗费，他愿意为对方无偿打工十年。

这对年轻恋人的报道见诸报端，很快就有一位王女士通过报社表示愿意提供援助。他欣喜若狂，但一听到对方的名字，神色犹豫。

他认识王女士，还是在广州打工的时候。当时他正在上班，发现有辆宝马不慎撞倒了单位的栏杆，车主坐在方向盘前精神恍惚。他向来善良，马上出门，扶她下车，联系4S店修车，又喊的士送她回家。这位女士不久就来登门道谢。

时年二十八岁的王女士经营着一家贸易公司，拥有雄厚资产，事业上叱咤风云，情场却屡屡失意。这次，遇见"憨厚又帅气"的他，她怦然心动。

她什么都有了，缺的不就是一个爱人吗？

她热烈地追求他，犹如这是一份新的事业。她挑选高档服装和手表，愿意提供学费让他选择任意一所大学进修，甚至提出今后公司给他部分股份……他都不卑不亢地拒绝了。

他的理由只有一个："我有女友了，感情很好，请你找个更适合的男人吧。"

见多了唯利是图的男人，她对他倍加珍惜，尽管这并不道德，她仍然频频示爱："我会一直等你，只要你改变心意！"

为了逃避这样热烈的追求，那年冬天他离开广东，带着女友辗转他乡，自主创业。

时隔几年，王女士再次出现，并且是以捐赠人的身份出现。他思来想去，不得不拨通了她的电话。她立刻听出了他的声音，说："你放心吧，医疗费我来支付。不需要你打工偿还。如果过了十五天，你的女友还没有苏醒,我还愿意请人照顾她。"

他内心五味杂陈:"谢谢你!钱,我一定会慢慢还你的!"

天不遂人愿。不管他如何精心护理女友,在她耳边轻轻呼唤,女友一直昏迷不醒。一个月后,他抱着最后一线希望赶到北京宣武医院,求见一位著名的脑科大夫,苦等一天,毫无结果。他粒米未进,差点儿晕倒在大雪纷飞的马路边。

赶回湖南,守在病床边。他握着女友的手,开始掉眼泪,竟至号啕大哭。声音如此凄厉,终于震动了女友的睫毛……女友醒了,似乎不认识他,也不会说话,看着眼前又笑又哭的那个男人,一脸茫然。

经过她的父母同意,他把她带回医院附近的出租屋进行康复治疗,希望节省点儿医疗费。他亲自为她换药,为她做物理按摩和听读训练。渐渐地,她一看见他就笑,能响亮地喊出他的名字。

他什么钱都挣。去饭店洗碗、去建筑工地运砖、去码头扛包,每天中午赶回来做饭,深夜回家还给她按摩,常常按着按着,头一耷拉,就睡在椅背上。

王女士打过几次电话,他只是说:"我会还钱的,谢谢你!"女强人还是不甘心,特意从广州来到湖南,在一个正午,辗转找到了那条小巷内简陋的小屋。

有报社的摄像机跟着。

王女士捧着一大束洁白的百合,站在那扇窗前。

窗内,他正在给女友按摩双腿。他瘦了,黑了,还是很帅。他指法熟练,边按边笑着说:"你爱我吗?爱,就伸两个指头;不爱,就伸一个指头。"她面颊还有点儿浮肿,"啊啊"了半天,从嘴里吐出几个模糊的词语,终于伸出了两个指头,孩子气地笑了。他说:"宝贝,让你重新爱上我还真难啊。"

他吻了一下她的额头,像兄长、父亲和恋人。

王女士站了良久,把百合悄悄放下,低头离去。

扛摄像机的记者后来告诉他,王女士说:"钱不用还了,祝你们幸福!"

> 一段成熟的感情,
> 是春天细密的春雨,润物无声

真爱茶末香

文/周勇

卡库科小镇挨着非洲北部的原始丛林,一个国际野生动植物保护基地就设在那里。秋天,来自挪威的小伙子迈克与随他奔赴非洲的盲人女友贝蒂结婚了。

一天,迈克牵着贝蒂正在丛林中蜿蜒的小路上散步。贝蒂突然闻到了一股清雅的花香。迈克小心翼翼地穿过满地荆棘。猫着腰一步一步循着香味走近,发现花香来自大树底下的一棵球形花,它有着球形的花蕊,叶片上长满了长长的尖刺。迈克将花株带回家精心栽种起来,还将花盆摆放在卧室的木雕桌子上。

当晚,迈克上网仔细地查阅资料后发现,这是一株茶末花,其特点是一年四季都是花期。茶末花在非洲已经濒临绝迹,很少有人能够发现它的踪迹。在非洲古老部落传说中,茶末花是一种奇异的爱情之花,花的香味会随着情感变化而变化,相爱的两个人感情越深,花香就越浓，反之就会越淡，花枯香殒之际，很快就是感情结束之时。

迈克拥抱着贝蒂慢慢地介绍着，不知为什么心里对这个传说颇有芥蒂，贝蒂似乎明白了他的心思，紧紧地握着他的手动情地说："亲爱的，也许这是上帝安排给我们的特殊礼物，古老的花香一定会见证我们的爱情。"

12月24日晚上，迈克和贝蒂参加野生动植物保护基地的圣诞聚会，大家玩得非常高兴，从不饮酒的贝蒂也喝了一点儿白兰地。可回家后不久她突发高烧，并一度昏迷。迈克急忙开车把贝蒂送到医护中心。经过诊治，贝蒂的病情趋于稳定，医生说应该没有什么问题，输点儿液，最后再做一次检查，看高烧对身体脏器有没有什么影响就可以了。

由于迈克第二天要去法国参加一个为期四天的国际研讨会，他只能把贝蒂托付给同事。不过，临行前他还是回家给茶末花浇上水才无比牵挂地离开。

四天的会议一结束，迈克就急忙回到卡库科，病房里的贝蒂恢复得不错，迈克一来，贝蒂便扑到他的怀中，流着泪激动地说："亲爱的，你终于回来了，昨晚一夜大风，我们赶快回家看看茶末花吧。"迈克正准备看医生的诊断报告，贝蒂拉着他的手说："老公，这是个小感冒，没问题的，检查报告就放在医生这里存着吧，以后看病还方便呢。"迈克一听也是，就和贝蒂高高兴兴地出院了。

到家推开卧室门后第一眼，迈克惊呆了，卧室的三扇窗户都被风吹开，木雕桌子上的花盆被吹落在地，茶末花茎折断了，花瓣散落在地上。迈克有些慌乱，但马上恢复了镇静，对贝蒂说："亲爱的，你先去洗个澡，待会儿我们一起细品花香。"贝蒂离开后，迈克焦急地在客厅来回走着，情急之中。他从后院拿出一盆和茶末花大小差不多的假花放在木雕桌子上，把一瓶香水打开放在花盆的底部。悠悠的花香就飘荡在卧室之中了。迈克刚刚收拾完地上的碎片。贝蒂穿着睡衣出来了,迈克紧张地牵着她的手围着花盆慢慢地走了一圈,生怕她会发觉花的香味不一样。"亲爱的,真香啊,我感觉花香更浓了。"贝蒂沉浸在花香之中,紧紧依着迈克。

"感谢上帝。"迈克忐忑不安的心情慢慢地平静下来。他决定把这个美丽的谎言继续下去。第二天一大早,他把一块牛肉炖了,然后一如既往地起来给假花浇水,给贝蒂描述花蕊的鲜艳。告诉她今天花株上长出了一片小叶子,花蕊上还有一条小小的毛毛虫。贝蒂就像孩子一样围在花盆边陶醉地说:"迈克,茶末花真香,你闻一下是不是比以前更香了?"贝蒂说着就伸出手指想去抚摸花瓣,迈克赶紧劝阻了她,说花会刺伤她的手。

接着贝蒂去厨房洗菜。这时,外面的迈克隐隐地闻到了一股煳味,赶紧向厨房跑去,锅里的水快干了。"怎么了,迈克?"贝蒂不解地问迈克。迈克安慰她说:"没事,锅里的水烧干了,有些烧煳了。"贝蒂说可能因为自己太专注洗菜了,所以没有发觉。

转眼,他们的结婚周年纪念日到了。迈克一大早起来给"茶末花"浇完水后,告诉贝蒂他去一趟办公室很快就会回来。贝蒂一个人摸索着把家里布置了一番,音响里播放着她和迈克最喜欢的怀旧钢琴曲。贝蒂走到茶末花旁边,深深地吸了一口气,轻轻地说:"好香啊,但愿花香伴随爱情长在!"

中午时分,迈克还没有回来,贝蒂正准备给他打电话时,他的一个同事撞门而入,悲痛地告诉她,迈克在路上发生了车祸,车子撞上了巨石,他经抢救仍没能醒过来……

贝蒂的精神几近崩溃,现在茶末花是生存下去的唯一精神寄托。

三天后,同事给贝蒂送来了迈克的遗物——一瓶香水。他告诉贝蒂,迈克被送到医院时,手里还紧紧握着它。他最后的遗言就是让同事把这瓶香水打开后放在茶末花盆里。但是话还没说完他就合上了眼睛。

贝蒂似乎明白了什么,带着同事走进卧室,轻轻地问:"茶末花是不是蔫儿了,不香了?"同事围着花盆仔细看了看,诧异地说:"贝蒂,这盆花是假的啊,而且花盆边也有一瓶快用完的香水。"贝蒂顿时泪流满面。

十天后,贝蒂来到卡库科镇公墓看丈夫,她轻轻地将一份诊断报告放在墓碑前,上面写着:高烧导致嗅觉神经末端坏死。但是她温柔地对着他说:"虽然我失去了嗅觉,但是我心里永远珍藏着你留给我的真爱的味道——茶末香。"对她来说,真爱的花香永不消散,它珍藏在爱人心里。

一段成熟的感情，
是春天细密的春雨，润物无声

韩寒：
我的妞
很彪悍很可爱

文/增健

被一个人喜欢，接受她为我花钱，是一种享受

我其实中意各种各样的女人，相信大部分男的都是如此。

现在我有了女友，不是绯闻女友，是真正意义上的女友。关于她姓甚名谁、身高、体重、职业、出身这些东西，我一概不予披露。她未见得有多漂亮，眉眼五官没瑕疵而已，用带点儿艺术的眼光去打量，会感觉到一种气场，让人情不自禁想多看几眼。

她就是这种型！

我不叫她的名字，简化成一个字——"妞"，这称呼让她很兴奋也让我很满足。遇到妞之前，我心里就有了喜欢的女孩子的标准：乖、懂事、得体、发自内心地喜欢我，还有一点特别重要，要会做好吃的。

这些标准，妞全部满足，还附赠了我没来得及列入衡量标准的升级版本：有主见，又不是太有主见；聪明，又不觉得自己聪明。

我一直认为养家是男人的事情，一般来说，有这样消费观念的男人是比较讨女人喜欢的，男人大方是美德。

妞却不大欣赏我这个美德。她说，如果她没有收入和积蓄，我养她；如果她有收入和积蓄，我养家。基本上，我没在妞身上花过任何专项资金，有时说给你买个什么吧，她会酷得像王菲那样："我有钱，自己买！"有时先斩后奏买了，她也会很高兴，一周之内就会挑个同样档次的礼物回赠我。

这样的回礼有点儿叫板的味道，但我并不反感，喜欢一个人，为她花钱是一种乐趣；被一个人喜欢，接受她为我花钱，是一种享受。

美食不如美器，美器不如美厨娘

我是一个对吃很没有讲究的人，我也深知我吃得很不健康，妞出现前，我一直用泡面和盒饭打发自己。

妞拯救了我的肠胃。更重要的是，还扭转了我对"性感"这个词的衡量标准。我竟然发现，妞在厨房里的时候是最性感的。

一天早上醒来，口干舌燥，忽然听到一连串清脆的铃声。睡眼蒙眬地望去，有种穿越到印度的错觉：妞端着一个托盘，里面摆着搭配好的米饭、咖喱汁、优格酱、鸡肉、青瓜汁，还有几片柠檬，她脚上系着一个一走动就会"叮当"响的踝铃，摇曳生姿地把托盘搁在我的腿上。然后，拿一块湿纸巾，把我的右手手指一根根擦干净，说："吃吧！"

没筷子也没勺子？妞冲我一笑，右手伸进盘子，将柠檬汁挤在鸡肉上，一点儿鸡肉一坨米饭捏实，蘸上咖喱汁，送进我嘴里。

妞让我自己试试。当我的手指抓到咖喱，那种辛辣温热的美味似乎就已经沁人心脾。妞指点我，不要着急将食物放进口里，留在手指尖多感受一会儿。

在那之后我专程去吃过多次咖喱，然而不管餐厅多么豪华、厨师多么著名、餐具多么精致，我却始终觉得妞做的手抓的那份咖喱早餐最美味。

别的女人是出门时盛装打扮，将最美丽的一面带出去给外人看。妞则是在进厨房前收拾出自己最漂亮的一面。我曾经给妞买过一件真丝的蝴蝶旗袍，有种诡异冷艳的味道。这件旗袍，如今成了妞的围裙，她盘着个高高的发髻，配一双红缎子绣花鞋，绣着大大的牡丹。

这身打扮，去走秀都嫌太花哨，妞却穿着安然地在油盐酱醋间步步莲花地游走。

外人看来，这做法太矫情。妞有自己的理论：美食不如美器，美器不如美厨娘。

你来我信你不会走，你走我当你没来过

有时我必须写点儿东西，需要安静独立的时刻，妞绝不会搅扰我。但她也不会像个局外人，我在书桌前敲键盘，妞偶尔会支个画板远远坐着。我收工的时候，妞递给我一张我侧面的铅笔素描或者是一幅有点儿凡·高味道的油画。

妞不是那种大家闺秀型的老实孩子，她的种种狡黠，透着古灵精怪的味道。

她偶尔会给我发条短信，说想失踪几天，让我别去找她。那几天，是绝对找不到她的。基本上在我觉得开始想她的时候，她就回来了，但永远不会一副风尘仆仆的面貌，而是妆容清淡，气味芬芳。

与妞在一起几个月了，妞从不问到有关婚嫁的问题。她说：你来我信你不会走，你走我当你没来过。很彪悍。

生活上,妞像个姐姐,铺我懒得铺的床,做我爱吃的饭,清洁我没有清洁的家;感情上,妞像个妹妹,时而刁滑时而个性,充分培养出我作为大男人的保护欲和占有欲。

一次跟妞玩一个叫真心话大冒险的游戏,她要我给她一个发自内心的评价,我是这么说的:在遇到你之前,我没想过成家;在遇到你之后,想到成家这个事情时,我没想过找别人……

> 一段成熟的感情，
> 是春天细腻的春雨，润物无声

90岁的
送报工

文 / 金凯平

十二岁的澳大利亚小朋友克拉克，骑车送报时结识了小女孩朱莉，两个人长大后相爱结婚。婚后六十二年，朱莉患上了阿尔茨海默病，甚至不认识相濡以沫的丈夫，只记得少女时代的青涩往事。于是克拉克老头儿蹬起自行车，成为澳大利亚年纪最大的送报人。九旬老翁，让爱妻仍然生活在小女孩时代的甜蜜梦境中。

七十八年前，年仅十二岁的澳大利亚人克拉克开始了自己的第一份打工兼职——送报。他每天早上都骑着自行车，风雨无阻地将报纸送到三百个家庭。那时的人们，都记得这么一位拥有朝气面容、阳光笑容的小男孩。

他一送就是三年，其间，他结识了现在的妻子朱莉，每当到了冬天，克拉克送报纸到朱莉家后，朱莉总会在克拉克的车把手里灌进热水，保护他手指不被冻僵；而夏天，朱莉又总会准备好冰袋，给克拉克随身降温。

一转眼，两位老人都到了九十高龄，克拉克早已退休在家安度晚年了，但最近，他又重操旧业，骑上了多年未骑的自行车，再次当上了送报人。

难道是克拉克家逢变故，需要靠送报来贴补家用吗？其实这一切，都是为了患上阿尔茨海默病的妻子朱莉。

朱莉的记性越来越差，有时候甚至认不出自己的丈夫，对生活的点滴记忆也在渐渐消失。可是克拉克发现一点，似乎朱莉对于当年与自己恋爱的过往，还保留着较深的印象。

有一次，克拉克遍寻爱妻不着，没想到她竟然推着自行车跑到了后山，倚靠着自行车，望着日落西山、余晖缭绕，脸上浮现的竟是有如初坠情网的少女般的微笑。于是克拉克决定，他要做回送报人，他希望能够唤起爱妻更多的记忆。

经过几次三番言辞诚恳的拜托，终于有老板肯雇用他了。克拉克或许是澳大利亚维多利亚州最年老的送报人了。他每周工作五天，每天早上五点，他都会骑上自行车，载着朱莉到两公里外的报纸分发处去取早报。通常他都会在两个小时内将二百六十份报纸发完，之后，他便带着妻子一起回家用早餐。

在维州的清晨，不论是下雨、下冰雹，你都会看到这么一对坐在自行车上的神仙眷侣，他们相互依偎，按时将报纸送给每一位订阅者，朱莉更是会很细心地将它们放在订阅者易于找到的地方。下雨天时，他们便挨家挨户将报纸放在走廊上，以免订阅者冒雨出来取。

毕竟年事已高，一次在上斜坡时，克拉克没有把握好平衡，不慎和老伴从车上摔了下来，为了保护朱莉，克拉克做了人肉垫，扭伤了腰和背。私人医生曾告诫他不能再继续这份本不适合他这个年纪的工作，但是克拉克还是坚持着。

　　对于克拉克而言，这并不仅仅是一份简单的送报纸的工作，它使自己和妻子似乎又回到了从前的时光，自己依旧是那个十几岁的少年，载着深爱的女孩，相约一起携手到老。

　　而当年的那个女孩，虽然如今已经白发苍苍，记忆力也已经大幅衰退，但是每当坐在丈夫的自行车上，她总是会记起些什么，那种温暖永恒的感觉，总是会无限地回荡在心头，这就足够了。

　　两位老人七十八年如一日的深情让人动容，从两小无猜到白发苍苍，这样的人生，平淡而真切，他们追求的是慢慢地一起变老，一起变得更老，更老。这种爱在世上已变得有点儿稀有，却更珍贵。

打扫大象房间的姑娘

文 / 榛生

一段成熟的感情，
是春天细密的春雨，润物无声

1

优酱写给采购主任的报告一直是：大象近来变瘦，需要加强营养。这件事引起的蝴蝶效应就是城市里某个果品小贩的香蕉会多卖掉一打。而此时，优酱还不认识承承，但承承因为感激那头让他濒临破产的小店起死回生的大象，对那家动物园充满了深情。

一个晴天，承承决定去看看那头大象，他来得太早，动物园里还是一派懒洋洋的景象，大象半闭着眼睛趴在水泥地上，旁边有一个穿着工作服的姑娘在扫地。那姑娘绕着大象扫了一圈，转过头来看到承承，她笑笑问道：有没有吃的？承承从衣袋里拿出了一筒饼干，正要丢给大象。那姑娘却说："慢着，我还没吃早饭呢！"

承承看着那姑娘和大象分享了一袋奥利奥饼干——她吃两片，其余的给大象塞牙缝。大象高兴了，站起来，对承承叫了几声，示意它很领情。承承对那姑娘说："你还真是和动物打成一片啊。香蕉要吗？明儿给你带点儿？"

就这样，一来二去，优酱和承承认识了。

2

承承店里的生意在春天的时候渐渐好了起来，优酱也从平凡的喂饲员变成了大象馆的负责人。这虽然不是什么气派的大官，但替承承谋一点儿小小的好处还是可以做到，可承承说："以后不要总进香蕉了，你们园长知道了不好。"优酱忽然发现承承是一个很正直的男人，从此以后，人象们再没有被娇惯过：该吃香蕉时会吃，不该吃的时候，再怎么打滚也不会有。

一起去郊外散步的周末晚上，他们回到市区已经很晚，承承的家先到，优酱坐最后一班地铁回家，她不要承承送，但在地铁口承承变卦了，他硬要送优酱上地铁。然后，最末一班地铁载着他们来到城市的另一边。优酱只有一个小单间，这既是卧室又是客厅的九平方米小房子，如何收留一个还不能称作男朋友的人呢？承承就说："我就在你楼下待着吧，那儿有把椅子。"

"不如，我陪你待着吧。"

他们就那样傻傻地待到天亮，然后买了两杯豆浆和两份煎饼果子，各自上班去了。

3

优酱喂养的那头大象有一个忠实的粉丝，那是一位摄影艺术家或者说是一个文艺男青年。反正，他每周都来看大象，给它拍很多照片。他拿着单反相机，按回放键给优酱看他拍的照片，她不知道其实那部相机里存着的照片，从第一张到第五十张拍的都不是大象，而是打扫大象房间的姑娘，优酱。

"你拍得真好,不过我得马上去工作了,再见。"

"再见……"其实男青年很想说"能不能要你的电话号码",但却临时改成了"多保重"。

4

承承每周会去找优酱一次,有时候一起去逛商店,没有什么钱看看也好,看看大衣,看看鞋子,看看珠宝。反正试戴珠宝又不要钱,所以优酱的无名指试过二十万元一枚的钻戒。

然后他们用摸过钻石的手去买爆肚、炒肝,去喝三块五的可乐,他们最昂贵的消费也就是一起去看一场电影,他们看过《色·戒》,看过《007大破量子危机》,大片就是好,可惜啥也没看懂。出了电影院,只觉得脚底震得发麻,脑袋很晕,满世界都是枪眼,于是决定去吃火锅,定定神。

那真是开心的一天,没有什么牵挂,没有什么烦忧,家人呀,工作呀,生活呀,都处在一个非常安定非常美好的点上。于是承承就对优酱说:"你做我的女朋友。"

这是一个肯定句,不是祈使句或疑问句,所以更见他笃定的心情。

"我做你的女朋友。"优酱这么回答,她也很笃定。

5

下雨了,优酱看到大象馆外的游客一一散去,慢慢地只剩下一个人,是那个文艺男青年。

他说他被他追求的女生羞辱了,她把他写的情书张贴在了网上。"啊,那可真的太不好了。"优酱说,男青年一把抱住了她,飞快地说:"其实你知道吗?我根本没有那么爱她,我追求她只是想填补内心的空虚,我真正喜欢的姑娘是你!"

优酱把伞塞给他,她一个人淋着雨回了办公室。优酱一整天都感觉自己飘在云彩里,下班的时候,她路过小市场,有一家服装店门口挂着一件新款的雪纺裙子。淡灰的底子上,绣着一小朵黄的一小朵紫的花,她毫不犹豫地买下了它。

然后她穿着这件衣服去上班,却再也没有和大象馆外的文艺男青年相见,她看到他每周都在那里守候,第五周,他没有再来。

6

每天深夜的时候,承承都会给优酱发短信:

你睡了没有?

还没有。

早点儿睡嘛。

好的,你也要乖哦。

这些短短的小话让人觉得很安心。

承承和优酱打算一起存钱,虽然他们不多的工资对于这座城市的房价来讲真是杯水车薪。但是,当他们把一元钱的硬币投进玻璃瓶里,听到它发出清脆的撞击声时,就会觉得,他们就像那撞击声一样平凡但了不起。优酱问过承承:"你喜欢我什么?"平凡的他答不出来,但了不起的他说了另一句话:"不为什么。"

是啊,我们在茫茫人海里选择了这个人而非另外的人,要与之白头偕老,不一定是为着多么伟大的原因,我们只是觉得相比别人,他更适合我。我们只是觉得,和他生活在一起,会更美好,会更舒服。那些别人,我们或许也会为之心动,或许也会为之有小小的疯狂和躁动,但是我们是有自知之明的大人了,我们很容易就分辨得出,谁是适合厮守终身的人。

一座姑苏城只种一棵萝卜

文 / 茄子小姐

强悍如斯的女生……

罗秋阳是在学校的礼堂里初次见到辜苏的。

那个下午的阳光很好，久未打扫的礼堂里四处都是狼藉的灰尘和纸屑，原本心情还不错的罗秋阳就微微皱了皱眉。

他原本就有些不耐烦，恍神间一个转身，就撞到了左手拎着三把拖把、右手拽着两把扫帚的辜苏。

就算他罗秋阳自诩见过许多女生交过许多女朋友，也都不得不在心中叹服，这一次，他遇到了"稀有品种"。那天的大扫除几乎变相成为辜苏的表演赛，她技压群芳，惊艳全场，所有归她做的，不归她做的，做着轻松的，做着吃力的，她都抢着做完了。到最后，只剩下一群目瞪口呆的男生女生围拢来跟她讲"谢谢"。

是在还剩下两个人的时候，罗秋阳才走过去跟辜苏搭讪的。他的笑容干净而亲切，八颗雪白的牙齿将造型摆得很到位："介不介意我请你吃晚饭？"

原本抱着拖把杆的辜苏一下子愣在了原地，良久，才幽幽地吐出一句："好啊。"

傍晚的霞光把罗秋阳好看的脸照得异常光亮，也把背光的辜苏淹没在了暗影中。谁也没有看见，这个强悍的女生，脸红了。

萝卜连花心都显得理直气壮

像罗秋阳这样的男生，模样好、成绩好、性格好，自然，有的是花心的资本。所以，就算真的做个花心萝卜，也都显得理直气壮。

年级里盛传罗秋阳交过的女朋友以打计算，但没有一个超过三个月。

当然，在此之前他并不认识她，可她却对他熟悉得要命。放榜的时候他的名字排在最前面，厕所里一旦有女生躲着哭，那绝对少不了对他下一任女朋友的咒骂；老师们炫耀得意门生的时候绝对少不了他……

辜苏狠狠地夹了一撮芹菜，塞进嘴里，表情里多多少少写着点儿不甘，而这一切，悉数被坐在对面的罗秋阳捕捉到了。

罗秋阳突然觉得这个女生很有趣，他看了看她别在胸口的校牌，而后缓缓地说："辜同学，我们交个朋友好吗？"

一物降一物……

听完罗秋阳的话，辜苏吓得一屁股摔到了地上。

她挣扎着从地上爬起来，表情显得异常尴尬，嘴里的菜还没来得及咽下去，就开始拼命地找理由推辞："那个，其实我这个人很烦，特别烦……"

说完这句辜苏几乎悔得想扇自己两个耳光，哪有人这样自我诋毁的。于是她慢慢地，认命地抬起头，异常诚恳地看着罗秋阳的眼睛：

"我承认我是虚荣心作祟才答应和你吃饭……但是,虚荣心这种东西,受一次可以,长期下去,我消受不起呀!"

原本吃得漫不经心的罗秋阳就一口饭噎在喉咙,半天喘不过气。

这位辜苏同学,也实在是太直白了。正常情况下,女生们都擅长装矜持装淡定,可唯独她,喜欢反其道而行之,一点儿都不掩饰自己的虚荣和小心思,这倒让原本已经修炼得道的罗秋阳为难了,思来想去都找不到好办法的罗秋阳最后挫败地松口:"你误会了,真的只是普通朋友的意思,我现在有女朋友。"

说完这一句,罗秋阳只觉得四下静了下来。

辜苏眼里眉间的喜悦之情溢于言表,好像罗秋阳宣布不会纠缠她是一件值得欢庆的事情。

罗秋阳感到了巨大的失落,就此,他想到了一个非常惊悚的词语——一物降一物。

强势女生没人爱

如果说辜苏的性格在罗秋阳眼里是"古怪却值得欣赏"的程度的话,那么,在大多数男生的眼里,那简直是"可恶到无法原谅"。

一个女生,怎么可以这样不懂羞涩,不会示弱,咄咄逼人还理直气壮?

高三(7)班的男生暗地里都喜欢叫辜苏为母夜叉、老怪物,他们实在没弄明白这个长得还算可爱、脑子也很聪明的班长为何一定要端出一副王母娘娘的架势。

他们并不是真的厌恶她,但过分旺盛的激素让他们每天和辜苏玩命地斗智斗勇,越是低劣幼稚的把戏越是乐此不疲。

比如,这一次,又是在辜苏放在抽屉里的外套上用油性笔作画。

辜苏把衣服摊开来仔仔细细地看了几眼,也不恼怒,轻轻地转过身去对最后几排等着看笑话的男生说道:"麻烦你们下次画的时候能专业一点儿吗?这么难看居然也拿得出手。"

时间几乎是凝滞了,原本喧哗的教室在瞬间安静下来,辜苏挺直的腰板开始颤抖,她听过无数句不好听的话,但是每一句的杀伤力都绝对比不上这句。

那个男生的拳头是攥着的,他说:"有时候我真怀疑,你是一个女生吗?"

辜苏跑出去的时候正好撞见一个人,不是别人,就是那个要跟她交个朋友的罗秋阳。

他决定找她谈谈,可是还没抓住人,他就看见这个他以为永远不会哭的女生哭了。

真正的喜欢是一种力量

他们在学校的操场上心平气和地聊天,辜苏哭得差不多了,索性就噤了声,开始和罗秋阳有一搭没一搭地说话。

"我真的有那么十恶不赦吗?"辜苏这句话问得非常没有底气。

罗秋阳沉吟了片刻,继而说道:"不能说十恶不赦,但是怎么说呢,你并不能要求每个人都喜欢你的行事作风不是吗?就好像动物世界有动物世界的生存法则一样,人与人的相处,也应该有退有进。"

辜苏很久都没说话,她是在思考,然而她思考的,却不仅仅是罗秋阳的话,她也在思考,眼前的这个人。

罗秋阳有着异彩纷呈的情感履历表,而她辜苏则是白纸一张,这样仓促的喜欢是否长久,是否可靠,太过年轻的他们都没有把握。

那天和罗秋阳之间并没有实质的约定,他们异常友好地在操场告别,此后继续着各自的高三生涯。

最后一年的时光里,辜苏偶尔也会和罗秋阳一起吃饭,她"吧唧吧唧"地吃芹菜,听他说模拟题、班里的笑话。

罗秋阳再没有交过女朋友,而辜苏,也开始学会放低姿态,适当地示弱,而从变化中得到好处的她渐渐发现,罗秋阳的话是对的,人与人的相处,确实是在进进退退中得以平衡和维系的。

吃散伙饭的时候辜苏被班里的男生众星捧月般地围在中间敬酒,她笑得最灿烂的时刻,想到了罗秋阳。

他们再次见面的时候已经到了九月中旬,辜苏提着大包小包站在本城那所211大学的门口,听见了一句似曾相识的台词:"介不介意我请你吃晚饭?"

罗秋阳顺理成章地接过了她手里的行李,牵着她的手慢慢走进校门。

他们的步伐一致而平静,而有些迷醉的辜苏就想到了一句话,真正的喜欢,是一种让你变得更好的力量。

而想要得到这种力量,往往最需要学会的,是心平气和地沉淀和等待。

等她长大。也等他醒来。

新德里的悲凉一瞬

文 / 佩灵

东经77°，北纬28°，是巴斯22岁时生活的位置。

那年他每周固定要做的事有很多。到自家的农场看着新栽培的庄稼，驱车去新德里大学读计算机信息研究课程，还有就是去城东那一家口腔诊所看牙。

这里环境虽然不好，但巴斯可以心安理得地躺在椅子上观察那个穿淡蓝色大褂的中国女医生。和那些浓眉大眼的印度女孩不一样，她笑起来的时候，原本就精致细长的眼睛会眯成一条缝，透着流光溢彩的温暖。大约是印地语说得不够熟练，她很少说话，显得很宁静。

第一次，他只是去父亲农庄的时候路过了这里。女医生站在门口穿着淡蓝色的长大褂，提着一大袋香蕉分给在门前讨食的大象，面目柔和。于是他托农庄里的工人打听她的情况。

她叫梁庭雨，是中国来的医学生。因为还在等附近医学院研究生的申请，就待在姨妈的诊所里帮帮忙。

他想了想,自己右边那颗智齿没有完全长出来,隐隐发疼。于是他走进她的诊所,她只看了一眼就建议他拔掉那颗毫无用处的牙齿。

但他拒绝了,冠周炎是无法完全治愈的,巴斯要的就是她一次又一次帮自己做消炎治疗。

喜欢,有时候只是为对方身上的某个闪光点所感动;有时候只是想方设法要多看她一眼。

7月开始,新德里进入了连绵的雨季。雨水好像是眼泪,说来就来。

那日,他刚下车就遇见了走在前面的女医生,迎着细雨往前晃悠,裹着粉红色的纱巾,在风中显得比印度女孩更单薄。他赶紧撑开伞上前几步追了过去。她见到他有些诧异,在黑色的伞下用半生不熟的印地语和他交流。他听懂了,她说:"你的智齿暂时不发炎了,可以不用再复诊。"可他宁愿装听不明白,一头雾水的模样看着她。

于是两个人小心翼翼地避开路面上的牛粪和碎石走回诊所。男生大半个身子都淋湿了,他接过她递来的毛巾时手在微微轻颤,又生怕被她发觉自己的紧张,就装模作样地轻声咳嗽。回去的时候他带走了她的电话号码。

自然是不能再去复诊了,但电话是免不了的。每次都战战兢兢地打过去听她蹩脚的印地语发音。

于是他知道她是有着1/4印度和3/4中国血统的混血儿,在中国读的口腔医学,然后来印度考研究生。她适应不了亚热带的潮湿,也适应不了充斥在新德里每个角落的烂糊糊的咖喱。

他听得莫名其妙地心疼,决定要做中国菜给她吃。这个22年来没做过一次饭的男生,偷偷在厨房里反复试验了一个通宵,做出来的东西总算能够见人了。等他兴致勃勃地提着菜去找她,她正忙得不可开交,一边看病一边点头示意他把饭盒留下。橘黄的探照灯下她只露出一双熠熠的眼眸，一边看病，一边偷偷地瞟坐在一边的巴斯，眼神有百转千回的温暖。

2005年的秋天，她研究生考试前，他带她去城东北角的红堡散心。回去的时候，已是日暮。他开车载着她很亢奋，一不小心就撞上了一头横在马路中央睡觉的奶牛。

醒来的时候，人正躺在担架上被抬上救护车，他别过头想去寻找她，却发现自己的脖子已经被固定住了。

他撞断了双腿，接下来的日子，就被转到新德里北区的私人医院疗养。和中国女生的绯闻让整个家族为之震怒。好在他听说她住在东区的公立医院，仅受了轻伤，却错过了研究生考试。

他那么想念她，每天都很努力地做物理恢复，却始终等不到她的探望，心里便渐渐悲凉起来。

倒是住在新德里城北的表妹每隔两三日就来看他，带自己的PSP和IBM（电脑品牌）给他玩。他看得出来表妹对自己的喜欢，自己也想要以新情换旧伤。后来也曾拄着拐杖去寻她，亚穆纳河旁的诊所早已换成了一名年长的男医生，而她却下落不明。

半年后巴斯大学毕业，进入一家著名的IT企业做测试工程师。他和表妹很快举行了婚礼。

他面不改色地坐在那里，脑海总想起最后望她的那一眼。她坐在副驾驶位上，随着音乐和他一起摇头晃脑，春风得意的模样。当时的情形，已在脑海中模糊成一道光影，点亮了他的过往。

2004年5月，梁庭雨在中国深圳。

行医资格证和毕业证书都被压进了行李箱底，托朋友找了一份网站助理编辑的工作，每天对着电脑重新学习简单的HTML（超文本）代码。4年打拼下来，从助理编辑做到总监。只是人家用两只手工作，而她这个左撇子几乎不怎么使用右手。

那年她偷偷去防范森严的私立医院看他，躲过穿绿色制服的保安和护士。刚走到门口就看到玻璃窗内，男子正和一名浓眉大眼的女子共享一台MP3。他的面目在鸟语花香的阳光下祥和而快乐，看不出有半分思念的煎熬。

她胆怯了，还没来得及闯进去就被门外的保安发现。他们问她要探望证，她没有就被赶了出去。

一周后，女医生回诊所，右手渐渐开始拿不稳任何东西。这对一个靠精确为生的牙医来说是致命的缺陷。医生说她是慢性神经炎，起因当然是那次车祸。

冬天的深圳，天气诡异，忽冷忽热。

梁庭雨背着笔记本赶回公司，低着头挤进电梯。旁边是几名集团请来的印度专家吧，她回过头想给对方一个官方的微笑，对上的，却是一张阔别4年的面容。

4年间，她每日上班都化小烟熏妆，失去了做牙医时的那种朴素清婉。他耳朵里戴着MP5（音乐播放器），隐约能听出来是周杰伦的《牛仔很忙》。

他一时间没有认出她，用标准的普通话说"借过"，就走了出去。隔日，她托人调来他的临时档案，白纸黑字地写着婚姻状况是离异，而且他会在深圳工作一年。

2008年冬天，梁庭雨第一次感受到自己的人生仿佛是重新被开启了，她就像一只坚毅而沉着的鸟，收拢翅膀匍匐在他身边。

等待，他的发现。

一段成熟的感情，是春天细密的春雨，润物无声

她不是茉莉

文 / 童话

这场爱情，不是以爱换爱，就是爱，纯粹的，专一的，执着的，无悔的。和我想的不一样。搬到新的小区，最先认识的，是一楼的一对夫妇，几乎每个黄昏都会碰到，都是年迈的老人，男人略瘦，戴眼镜，穿整洁的羊毛衫或白衬衣外面加枣红色的毛背心，依然有淡淡的书卷气。只是终日坐在轮椅上，手里总是拿着一本书，口中念念有词，不知道在说些什么。后来才知道，男人半身不遂且神志不清，镜片后的目光，是呆滞的。女人推着男人。女人有着和善慈爱的脸，微胖，皮肤白皙，头发花白，却打理得格外整齐得体。眉目依然是清秀的，年轻时，必定是一个美丽的女子。

她推着他，走得很慢，走走停停，路过花树或者玩耍的孩子，会低头轻声跟他说些什么，那么温柔、耐心。

并不介意他是听不懂的。她总是微笑，慢慢将他推到小区花园中

心,一个可以停下来休息的地方,停留在暮春温暖的黄昏里。

我常常在这个时间路过那个小花园,会忍不住停下来注视他们——必定是相濡以沫多年的爱人,相亲相爱走过了漫长光阴。

邂逅得多了,会主动和她打招呼。问候,或者只是微笑。

她很和气,也爱说话,时间长了,会问一问我的生活、工作,甚至开些小玩笑,问是否有男孩子追……很可爱的老太太。

因为熟悉,慢慢知道了他们的一些事。比如,男人是两年前患病的,然后就再也没有站起来。比如男人年轻的时候,学问很好,人也帅,她曾经是他的学生,对他,爱戴加仰慕……

说起从前的时候,她的神情里甚至带着小女孩的羞涩和欢喜。

我微笑倾听,想他们的故事,果然如我想象。

后来慢慢听清楚了男人口中絮叨的词语,是在叫一个名字,茉莉。断断续续地唤着,下意识,却充满依赖的一声声呼唤。

原来她叫茉莉。原来一个男人在这样的一个时候,依然记得爱人的名字。

那天我下班回来,迎面碰到她推着他,走着走着,他忽然很大声地喊着"茉莉,茉莉……",混乱而慌张的口吻。

是他手里的书掉在了腿上,她赶快拿起塞在他的手中,握着他的手,笑着安慰他。

他安静下来,她微笑着爱恋地看着他,像看着一个时时依赖自己的孩子。

我忍不住说:"阿姨,您的名字很好听。"

她却笑着摇了摇头:"丫头,那不是我的名字,他不是在叫我。"

我愣住。

我终于知道了真相。很多年前,她是他的学生,爱上他的儒雅和学识。而当时的他,却已经娶妻生子,他的妻子,叫茉莉,和他青梅竹马。她出现得太晚。

可是她爱他,无力自拔,又不能得到,只好默默守候,咫尺天涯。

一年又一年,她爱不上别的人,只能孤单默默地爱着他。她的执着让她无法放弃这样的爱情,她的善良又让她一次一次放弃掠夺的念头,她的爱,便成了漫长的单恋。她不再年轻,额角有了皱纹,渐渐发胖,头发变白……和他生活在同一座城市,看着他,不打扰,也没有嫁人。直到三年前,他相濡以沫几十年的妻子去世了,半年后他突发疾病,失去了健康、思维还有记忆——这世上,他唯一记得的,是妻。是妻的乳名。

她在这样的时候来到他的身边,她决定要照顾他,以妻子的名义。

他的儿女被她的出现震惊,更是被她的情意感动。她真的做了他的妻,在他73岁她68岁的时候,她嫁给了他。她握着他的手,贴在他耳边轻轻地对他说:"我是你的茉莉。"

暮春的黄昏,有风吹过,不知名的花树有浅粉花瓣片片落下,如一场花瓣雨。她微笑着站在花瓣雨中,向我讲述这样的爱情。她的神情中,没有最美年华错失了情爱的遗憾,没有爱了多年而不得回报的抱怨和委屈,只有满足,只有如今守在爱人身边的满足和快乐。

成熟的感情,是春天细密的春雨,润物无声

我们是夜色中的**两颗星**

文 / 六小龄童

1982年,我正在三里河拍《西游记》。一天,导演介绍说来了个新场记叫于虹,后来这个漂亮的场记在戏里客串了一个"王后"的角色。

因为我戏份多,拍摄时经常有灵光一闪的即兴武打动作,于虹在现场来不及记下来,收工后就找我补记。渐渐地,我发现,于虹哪天不找我补记,我就有一种失落感。

一次,剧组要去深圳拍片。当时大家对深圳都很神往,于虹也特地把自己攒的1000块钱和一些外币取出来,准备到深圳血拼一番,结果却把钱弄丢了。1000块钱在当时可不是小数目。

我知道自己表现英雄气概的机会来了——我拿出全部积蓄凑足700块钱,敲开了于虹的门:"我这儿有700块钱,给你600吧。"她说什么也不肯接受,我把钱放下就跑了。很多年后,我才知道那钱她一分都没舍得花,全存进银行了。后来我们约定,等女儿上大学的时候,把这个存折当成"传家宝"送给她。

在剧组,我们虽然没有花前月下,但艰难枯燥的"西游之路"却因为有了爱情的点缀而变得生动有趣。

《西游记》拍摄接近尾声时,于虹送给我一张她最喜欢的照片,并写下一行小字:我将永远深情地望着你。我们俩自然而然地谈到了结婚,并把婚礼定在 1988年6月12日——我获得第六届大众电视金鹰奖最佳男主角奖的那天。

然而到了那一天,我正随《西游记》艺术团赴新加坡演出,既不能领奖,也无法举行婚礼。最后我和于虹商量,婚期不改,唯一改变的是我们不举办任何结婚仪式。

于是,很多观众看到了在颁奖典礼上,主持人宣布"六小龄童和于虹今晚结婚"的一幕。与此同时,在新加坡的演出现场,沙僧的扮演者阎怀礼也高声宣布:"今天是大师兄孙悟空结婚的日子。"

那就是我们没有见面却别致而浪漫的新婚之夜,我会永远记住那个美好的日子。

从1988年到1991年,我几乎没有任何新作,于虹伴我度过了最迷茫、最焦虑、最不安的日子。

婚后我们的感情一直很好,但也会争争吵吵。我脾气急,于虹最不喜欢我发脾气的样子;我喜欢收集一些跟猴子有关的古董,但于虹不喜欢把家变成一座"猴山"……为了不让感情受伤,我们约定任何争吵都不过夜。其实仔细想想,夫妻间哪有什么重大分歧?很多争执,我现在都想不起来是因何而起的。

结婚多年,我们仍旧保持着恋爱时的浪漫和激情。2004年年初,我相中了一只金猴子,嫌贵,没舍得买。情人节前一天,于虹腰疼,但还是去了那家商店,结果发现了一个比我相中的那只还要大的金猴子。为了买这只"大猴子",她又回家取了一次钱。看到她带来的这个惊喜，我又高兴又激动，那个情人节因为这个意外惊喜而变得浪漫无比。

现在，我身上到处都有于虹的"影子"：脖子上戴的玉、翡翠，右手戴的水晶链，都是于虹买的；手表是于虹前几年去德国旅游时买来送给我的；身上从里到外的衣服，更是于虹精挑细选的。我也会把于虹的喜好时刻放在心上，比如她喜欢收集各种各样的丑娃娃，于是每次出国我都会给她买娃娃，现在我们家几乎是个"娃娃国"。平常日子里这种细枝末节的关爱，将我们的感情牢牢地连在一起。

我们已经结婚21年了。有人说好夫妻是一前一后追赶着往前奔跑的，我却觉得，我们不是像赛跑那样一前一后，而是像夜色中的两颗星星，彼此对望了几个世纪，向对方眨眼睛、传情意，终于有一天，像磁石的两极一样，紧密相吸……

钢琴课

文 / 叶倾城

那年我二十岁,初出茅庐而青春无限,有点儿闲钱,有点儿闲时间,有点儿闲心情,无意中看到一张街头招贴上写着"钢琴家庭授课",便决定要学钢琴。

按图索骥找了去,给我开门的是一个年轻男人,我就这样认识了他。

那天尚是春寒料峭,他却只简单地穿着件白衬衫,配着他脸上干净的线条,听明我的来意,他露出微微惊讶的神色:"像你这样的年纪再来学琴,是不可能学得很好的。"

我很奇怪:"我为什么要学得很好?"

他一呆:"那你为什么要学?"

我笑:"想学就学,不想学就不学,还要理由?"

他愣愣地看了我半天,说:"这样吧,我弹支曲子你听一下。"

他掀开琴盖,我注意到他的手,修长而细腻,天生就应该是弹琴的手吧。他对我这头牛弹了大约五分钟,回头问我:"你听到什么?"

我硬着头皮说:"悲伤?"

他使劲盯着我看,好像我正化成一阵轻烟袅袅而去。半晌,他轻轻地说:"这是贝多芬的《欢乐颂》。爱情一样的欢乐。"

面子攸关,我不假思索地反击说:"爱情一样的悲伤。"

他一下子愣住了。

他还是收了我做学生。他是个沉默的人,向来不多说什么,总是让我自己练,他只在旁边平均半分钟就说一声"错了"。他的事,都是后来一点一滴说的。他是从小开始学钢琴,因为有兴趣就一直坚持下去,现在是一家音乐台的编辑,职业优雅且收入不菲。他家境似乎相当好,因为他独自住着宽敞的三室一厅,他父亲来看他时,坐着豪华奔驰,那他为什么还要业余教钢琴呢?

过了很久,他才回答我:"时间太多了。"

不练琴的时候,我常常坐在地板上翻他的唱片,每一首曲子都有美丽的名字,好像背后都蕴藏着一段段美丽往事。我要他说给我听,坚决不相信会没有,逼着他,缠着他:"一定有的。"他只好编,我又不断地打断他:"不对不对,不是这样的。"他只是微笑。

天气好的时候,我们有时一起去逛街或是看电影。我还带他去打游戏机,他玩得不亦乐乎,那双在钢琴上灵活敏捷的手,在游戏机上却笨拙得像熊掌一样。我笑得一塌糊涂,还不忘报一箭之仇,拼命地叫:"错了,错了。"他又气又笑,又没有时间跟我算账。

我们在一起的时间越来越长,而练琴的时间却越来越短。我觉得快乐,也许是因为学会了《欢乐颂》,而且喜欢日里夜里时时哼着那简单的调子;也许是因为同他一起走过傍晚的街道,他不经意牵过我的手;也许是因为深秋的天气,我裹着的他的大外套里还残存着他的体温;也许是因为每次钢琴盖上静静搁着的我最爱吃的"巧克力迷情"……

那时我以为他也是快乐的,但是一个阴沉的冬日,他给我开门的时候,满脸通红,明显是喝了酒,眼里那份疲倦和落寞,有如一整面阴霾的天空,我惊问:"你怎么了?"

我问了两遍,他才答:"没什么。"我还想再问,他已转身站到窗前,默默地抽烟,烟飘了一室。

客厅里酒瓶散了一地,一片狼藉。我叹口气,绾起头发,找出围裙来系上,开始收拾。在镜中看见自己,俨然是一个能干的小妻子,我忽然心中一酸,久久都不能平复。

我正埋头在厨房洗涮,他进来了,站在我身后,一根根拈起我的发,又一根根放开。"哗哗"的水声充斥了整个房间,其余的东西仿佛都不存在了,良久,他低声说:"尹青,你为什么喜欢我?"

我所有的动作都停住了,他又问:"我能给你什么?"

我忽然怒不可遏,猛地转过身去:"你以为我要什么?喜欢就是喜欢,不喜欢就是不喜欢,还要理由?你当我是什么人?有所求而来?"我觉得我快控制不住了,"我……我走了。"

一路跑到楼下,我才停住,就在泪水快要奔腾而出的刹那,一双手从身后轻轻地环住我。

生命中的永恒,也许就是这些小小的瞬间:冰天雪地里,一双从背后环过来的手和后颈上他温暖的唇。

他生命中有一个有所求而来的人,我是在七天后知道的。那是个雪后乍晴的日子,我上楼时,遇见他和一个女子下楼,他看见我,似乎吃了一惊,走过来,把钥匙塞进我手里:"你先上去,我一会儿就来。"那女子白衣黑发,一张芙蓉般素净清透的脸,却美艳动人,此刻幽幽地说:"你女朋友?"我没有听见他的回答,也许他根本没有回答。

到了楼道拐弯的地方,我忍不住回头。雪光触目,他们并排走着,那女子正对他说着什么,他只是低着头,他们之间没有身体上的接触,然而分明有些什么在他们之间缓缓流动。那应该是往事吧,我永远也不可能介入的,他们的往事。那女子忽地一个踉跄,他疾步上前,想要扶她,却反而被她带倒在地上,他们四周都是被踩得漆黑的雪,很脏。那女子忽然双手掩面,身体一阵阵抽动,仿佛是在啜泣;而他的手,慢慢,绕过她的肩。

坐在钢琴前,我忽然觉得他好陌生,我们仿佛走错了时光隧道的人,在时空的盲点相遇,各有各的前因后果,我不过是一个学钢琴的人,他不过是一个教钢琴的人,除此以外,什么也没有发生过。

不知什么时候,他已进来了,站在我身后,我只管用心地弹着《欢乐颂》。他低声说:"尹青,不要不高兴。"

我笑:"我有吗?"

他说:"你的琴声那样哀伤。"

我还是笑:"哦,我都不知道我的技艺已经达到这种水准了。"

良久,他说:"尹青,不要哭。"

我说:"我没有哭。"眼泪披披盖盖挂了一脸,极咸极辣。我站起身:"我要走了。"低头在口袋里翻自行车钥匙,半天都找不到,"我真的要走了。"

他一把抓住我:"尹青,不要走,听我给你讲,讲一个有所求而来的故事。"

我跌坐在琴凳上,琴键黑白分明的颜色,锋利如刀。

"她,是我的初恋,她却并不爱我,直到她知道了我的父亲是何许人。我不是不知道真相,可是,可是我爱她。"

我用双手盖住琴键,我怕我的泪水打上去,会奏出一支叫作"心碎"的曲子。

"那时我们已谈婚论嫁,我却偶然看到她给朋友写的一封信,她说:'每次想到自己要嫁一个自己不爱的人,就忍不住想为自己的命运而哭。'那我呢,谁为我哭呢?我就是在那一刻觉醒了。"

我听见他吸气的声音。

"我写信告诉她我们完了,换了工作,一个人搬到这儿来住,所有的信、照片,一切能让我想起她的东西都烧了,可是,没有用。为了打发时间,我决定教钢琴,后来就遇到了你。尹青,跟你在一起,我才知道一个好女孩有多干净,我是真的喜欢你,真的想把过去全部埋葬。没想到,她今天会找来。而我,竟然没有一天忘记过她。她,约我大年初一去她家。尹青,只要你说一句话,只要你说不要我去,我就不去。"

很久很久,我听见自己的声音像石头一样滚过冷寂的房间:"那是你自己的事,我没有权利说要你去,或是不要你去。我要走了,我真的要走了。"

他没有拦我,也没有送我。我孤单地走在街上,听见零星的鞭炮声,雪又开始下了,在没有人看见的地方,我无声地掉下泪来。

大年夜,我在单位值班,午夜,电话铃响,他的声音像火焰一样扑来:"尹青,你肯爱我吗?"

窗外的鞭炮声和窗内的电视声织成一张网,却静得连落雪的声音都听得见,许久,话筒在我手中渐渐温热起来,我要怎样才能掩盖我的呜咽:"不,我不肯。因为你是有所求而来,要我为你打开心中的结,我不能爱一个不爱我的人。"电话突然断掉了,我放下话筒,本来我想告诉他:我要辞职了。

那年三月,我去了南方,在为生存而挣扎的过程中,连自己存在与否都很模糊,却常常会在白茫茫的阳光下,眼前恍然幻出故乡的那一场雪。

我想他,想他修长而细致的手,想他玩游戏时稚气的笑容,想他默默抽烟的样子,想他从背后环住我时的感觉。想起他,怎样地,把他所有痛苦中最深,也是最脆弱的一环交到我手里,希望我能够给他以救赎,而我,竟连一次机会也没有给他。

一年就这样慢慢过去,春节期间,我回了家,却并没有去找他,毕竟,已经过去那么久了,我和他的故事,不过是无意间拂过琴键发出的杂音,终究会在生活的乐章中渐渐消失,而日子还要接着过下去。

大年初四,我去一个以前的同事家拜年,他也姓尹,被我称为大哥。那天,他刚好为女儿买了一架钢琴,那黑与白不断交错的琴键,仿佛许多双眼睛在闪烁,一直看到我心里去。我说:"我试一下行吗?"

我的指尖流出了《欢乐颂》,我还记得这首最初的曲子,这一首欢乐有如爱情、悲伤有如爱情的曲子,我也许永远不会忘了。

这时电话铃响了,大哥去接:"尹青?她不住在这儿,不过她现在正好在。"他把话筒递给我:"找你的。"

我很诧异:"喂?"电话里寂无声息,我提高了声音:"哪位?"

"尹青!"

一刹那,我不相信自己的耳朵:"是你吗?真的是你吗?"

"是我,我到你单位找过你,他们说你去了南方。"

泪水像潮水一样涨满我的眼睛:"为什么要找我?为什么?"

"因为,因为每一个从我门前走过的人,我都以为是你;每次去商店我都会买你最喜欢吃的'巧克力迷情';每天我都会把钢琴擦得很亮,等你来弹。因为……"他突然说不下去了。

"你怎么知道我在这里?"

"我不知道。我只是想也许你会回来过年,我就循着电话号码本上所有姓尹的人家打下去,我相信我一定会找到你的。"

"可是,"我哽咽着说,"我们家没有电话啊,我现在在别人家里啊,你,怎么这么傻?"

"这是我做过的第一件聪明事!尹青,你知不知道,如果还找不到你,我就去南方找,我一定会找到你。尹青,你还想继续我们的钢琴课吗?"

我用全身心说:"我愿意。"

> 一段成熟的感情,
> 是春天细密的春雨,润物无声

石佛的浪漫满屋

文/珍妮

静若处子,动若脱兔

当35岁的"棋王"李昌镐正式对外宣布结婚时,韩国人惊讶地发现他们的国宝"石佛"居然陷入爱河了。一时间,24岁的李度仑成为所有韩国女人最羡慕的人,人气赶超一线红星金泰熙、韩佳人。人们不禁好奇,什么样的女孩能迷倒那不食人间烟火的"石佛"?

在韩国,年轻的女孩子都崇尚娱乐圈的花样美男。李度仑却不一样,她从小立志成为一名女棋手,对于棋坛圣手李昌镐更是佩服得五体投地。很小的时候,李度仑就被父亲送到围棋班。虽然她个性活泼,可是一到了棋盘面前,她的世界就是黑与白。用"静若处子,动若脱兔"形容李度仑一点儿都没错。

报考大学时,李度仑毫不犹豫选择了明知大学围棋专业班,毕业后又进修研究生一组。这已经是业余棋手的最高水平,被Cyberoro(韩国棋院)网站授予业余最高称号"大星7段"。可惜,到了技术瓶颈的李度仑,几次晋级赛都没有通过,未能实现成为职业棋手的梦想。

就在李度仑伤心的时候,李昌镐的境遇也好不到哪里去。因为状态下滑,大家将罪魁祸首归结为他的长期单身。这让李昌镐非常郁闷,不知道自己怎么就成"单身公害"了。而韩国民众要求李昌镐尽快解决个人问题的呼声也越来越高。

李昌镐越是不谈恋爱,媒体越想挖到他的绯闻,可是均以失败告终,"石佛"也演变成了李昌镐感情的咒符,传说他的心像石头一样坚硬,不肯向女孩子敞开!

也许是命运的安排,让这两个失意的人相遇了。

"灰姑娘"遭遇"单身公害"

虽然成为职业棋手的梦想破灭,但李度仑并没有放弃自己对围棋的喜爱,她应聘加入Cyberoro围棋网,成为一名围棋记者。

有一次,李度仑接到采访李昌镐的任务,这让她兴奋不已。在新闻发布会上,李昌镐面对媒体对自己棋风的评价概不作答,就连一旁的翻译都有些不知所措。"叫他'石佛'真没说错。"台下的李度仑偷偷捂着嘴笑。发布会过后,李度仑在走廊等到了李昌镐:"李国手,你今天的棋其实很不错,只是大家习惯了你以往的棋风,所以才有所质疑。"李昌镐转过身来,看到了相貌白净的李度仑,顿时一愣:"是吗?谢谢。""能跟你约个专访吗?"李度仑说,"我是Cyberoro围棋网的记者。""当然可以。"李昌镐腼腆地说。

由于李度仑这次采访顺利,Cyberoro围棋网的领导把采访李昌镐的任务通通交给了李度仑。随着采访次数的增多,两个人很快成了朋友,在李度仑面前,李昌镐偶尔也会开开玩笑。

很快,两个月过去了,到了中秋节。陪伴家人的李昌镐看见弟弟的两个孩子突然觉得很失落，他想起了李度仑，便拨通了对方的电话，约了见面。两个人见面后，李昌镐还是一声不吭。在长凳上坐了许久，他深吸了一口气，对李度仑说："如果你没有男朋友，能否考虑我？"这句话像颗炸弹，惊得李度仑说不出话来。虽然她一直暗恋李昌镐，但从来没想到这个棋坛王子会喜欢自己，自己成了名副其实的灰姑娘。这回，说不出话的倒是李度仑了。李昌镐见她半天没反应，便又结结巴巴地说："如果你对我哪里不满意，我可以改！"李度仑摇了摇头："不需要，现在的你挺好。""那你答应了？"李昌镐有些喜出望外。李度仑点了点头，就这样，两个人成了恋人。

英雄出征，佳人相伴

李昌镐毕竟是李昌镐，在李度仑心里，男友不只属于她，也属于整个韩国。因为工作关系，李度仑跟李昌镐时常见面。可是，即使随团采访，李度仑也尽量避免出现在李昌镐面前。

但世上没有不透风的墙，李昌镐跟李度仑的情愫还是被明眼人看出来了。某个与李度仑相熟的记者问她，为什么不考虑向大众宣布，李度仑坦言自己要多为李昌镐考虑："很早以前，我就一直仰慕他。我们发展得很自然，也没有到谈婚论嫁的时候。他又在事业高峰期，曝光会给他带来压力。"

李昌镐得知后非常心疼，决定宣布恋情。2009年11月26日，韩国各大网站的头条都是"李昌镐有女友"，均感叹"石佛"终于要告别钻石王老五的身份了！李度仑的前辈们更是惊讶得说不出话来，没想到这不起眼的小丫头不仅能采访到天王，还能把天王拐回家！

2010年7月底，李昌镐公布了婚讯。他跟李度仑选择了一个平常的工作日10月28日结婚，婚礼也选择简单低调。由于韩国棋院的赛程，这对准夫妻可能都没时间去度蜜月！

虽然现在韩国流行婚后夫妻二人一起工作，但是为了全力支持李昌镐，李度仑辞去了工作，开始学习日文，准备以后李昌镐去日本比赛时能派上用场。她还学习烹饪。现在，她做的意大利面和裙带菜汤已经成了李昌镐的最爱。

李昌镐按照李度仑的喜好，在风景区买下了一所房子，离父母家只有五分钟的车程，还能去附近爬山。房子简单、典雅，颇有韩剧《浪漫满屋》里Full House（韩剧中一所房子的名字）的风采。

步入婚姻殿堂，对于李昌镐来说意味着一次蜕变。因为他的世界中，多了一位最重要的人生伴侣。有了这位贤内助，"石佛"会更加心无旁骛。英雄出征，佳人相伴，这应该是一幅最美丽的画面。

一段成熟的感情，
是春天细密的春雨，润物无声

丁凉的
浪漫病

文 / 海黛

丁凉不是一场梦

陆鱼大口吞下生菜五花肉，粲然一笑，牙缝翠绿如春。对面的男生眉毛微微一皱，挥手，买单。

男生是姐姐介绍的相亲对象，陆鱼哼着小调回了家，"非暴力不合作"行为又一次告捷。姐姐比陆鱼大不了几岁，张罗陆鱼的终身大事却比老妈还来劲。短短一个月，军人、大厨、IT精英、歌手、银行工作者，陆鱼通通相了个遍。

刚到家，姐姐的电话准时来了，怒火险些冲破听筒："谁让你说以前有男朋友的？我告诉别人你根本没谈过恋爱！"

陆鱼没有说话，却在心里嘀咕：你当丁凉是一场梦啊。

那年遇见番茄脸

县城很小，陆鱼的恶名很快传开。姐姐失望至极，很长一段时间不再搭理陆鱼。

终于落得清闲。陆鱼辞职了,小企业的档案管理员,实在不是一份让人热血沸腾的工作。

稳定的工作为什么要辞掉?相亲的男生为什么不好好对待?为什么要过得这么浑浑噩噩?如何跟在家乡的父母交代?

陆鱼抱着白色的iPad(苹果平板电脑)钻进了房间,充耳不闻,继续看美剧。

不是想浑浑噩噩,陆鱼已经决定明天去面试英语学校的老师。可是,她一句话也没说。

自从丁凉离开以后,她才发现,再没有谁会认真听自己讲话。

丁凉手长脚长,放到三国可以做刘备弟弟;丁凉名牌大学毕业,智商绝对及格;丁凉父亲是企业CEO(首席执行官),家境十分优越;丁凉愿意陪着陆鱼通宵看《24小时》和《迷失》。丁凉什么都好,除了一年四季都红得像只大番茄的脸。

再见,亲爱的活火山

偶尔,当和陆鱼一起谈天说地很轻松时,丁凉血红的两颊会渐渐淡下去,露出好清秀的脸庞。但只要与任何人的眼神有交集,丁凉永远是沸腾的活火山。如果不安和争执出现,甚至还会伴有尴尬的短暂的口吃。

丁凉其实是可以流利地唱完《阿司匹林》给自己听的。那夜,陆鱼发高烧,难受得痛哭,丁凉蹲在床前唱陈奕迅的歌,《落花流水》《粤语残片》《不良嗜好》,一首歌接一首歌地唱。唱到天亮,唱到陆鱼在陈奕迅演唱会的梦境里心满意足地酣睡。

陆鱼并不嫌弃丁凉。尽管闺密对丁凉的态度从同情变成暴躁,天天吹清冽的耳旁风;尽管父母不发一言,板着脸从两个人旁边漠然走过;尽管姐姐在婚礼现场直接建议"大西瓜不如和我妹妹分手算了"。那么多嘲笑、同情、失望的眼神,一瞬间万箭穿心,陆鱼以为自己从来不在意,笑僵的脸庞上,粉饼像面团般一块块落到碎花裙上。

回到原来的城市,已是深夜。丁凉和陆鱼一前一后上了公交车。乘务员问到哪里,陆鱼没有回头,不想说话。乘务员扯着嗓子问第二遍,陆鱼转过头对丁凉高分贝吼:"说话啊!除了脸红,你还会干吗啊!"

他的声音静静的,轻轻的:"我不知道你想去我那里还是回家。"说罢,转身,下车。

汽车扬长而去,丁凉离开陆鱼,从此杳无音信。

内心比阿尔卑斯山还强大

陆鱼买了一套芥末色的套装,反光镜里一看,好似一株水芹菜。教师职位很抢手,面试的人排排坐。

《生活大爆炸》看了三遍,口语流利没有问题。女考官忽然用英语问:"你有男朋友吗?"

有。一定有。陆鱼的紧张烟消云散,缓缓描述着那个被自己用"不争气"骂走的只会脸红的男朋友。

女考官若有所思地说了一串陆鱼不明白的词,后来干脆用中文说:"赤面恐惧。我有个侄女也是这样的病。"

空调嗞嗞作响,陆鱼的大脑突然放空,傻傻地站在游离的冷空气下,呆若木鸡。

陆鱼想起了自己的丁凉,他曾经徒手捉飞奔的老鼠,也敢大声喝走公交车扒手。他的内心比阿尔卑斯山还强大。他曾经说:"亲爱的,我管不住我的脸。"

当大番茄遇见水芹菜

陆鱼终于如愿以偿,成为一名英语培训老师。第一次接的班是亲子班,小朋友才三岁,家长会旁听。搭档的美国外教David握握陆鱼的手,示意她不要害怕。短短两个小时的课程很快过去。课程结束,陆鱼咧开嘴大大地笑着,David亦开心地给了陆鱼一个很友好的拥抱。

本来只有一秒钟,陆鱼没有放手。教室圆圆的窗外面,横着一颗大番茄似的头,定定注视着被老外抱在怀里僵掉的那株水片菜。

她打量着眼前这个男生,他留了胡须,棱角分明,肤色是匀称的巧克力色,脸上的烧仿佛也淡了些许。

丁凉争取到公费出国的名额,到非洲周游了一圈。好望角的日出浓烈狂热,丁凉站在岩石边,对着海天一线,日复一日大声演讲。或者去到周末的集市,对着来来往往的本地人与游客聊天胡侃,无所不谈。

"后来,有一个意大利的医生告诉我,这是一种病。"

之后,两个人作别。客气得连一个握手都没有。

我的病只为你而生

姐姐高声拍门,不过才上午十点。陆鱼一听,竟然还有姐夫的声音。两个人跟打了鸡血似的语无伦次:"丁凉回来了?"

陆鱼不耐烦地挥手,表示已经与他没有瓜葛了,请两位放心。

哪知姐夫一下捉住她的手:"千万要帮忙啊!"

原来丁凉已成为国内首屈一指的培训师,企业员工但凡经其培训,工作效率翻倍提高。姐夫的父亲下死命令,要求姐夫一定请来丁凉为半死不活的洗衣粉工厂诊脉。

拿着姐夫给的名片,陆鱼独自来到丁凉的工作室。她在原地站了很久。左脚换右脚，右脚换左脚。她下定决心，径直朝内走去。

她要对他说什么？

是说那天和老外的拥抱是个比水晶苹果还纯洁的误会，还是说为过去的不信任懊悔不已？沧海桑田，他的心里或许已经将过去格式化得干干净净。

可是，陆鱼错了。随着自己脚步的靠近，她看见那张急剧加温的脸已经迫不及待写满了答案。

她果断抱住了他，是好长好长一个拥抱，所有的惊愕嫉妒诧异鄙夷，都被甩到千里之外。

他的叹息好像从好远好远的地方传来："我的赤面恐惧，看来只对你一人发作了。"

呵，好浪漫的病。

第三章

每一段爱情，
都是一封尘封在记忆里的情书，
不知所往

都是一封尘封在记忆里的情书，不知所往

最亲爱的你像是梦中的风景

文 / 少年别抬头

亲爱的你：

昨天是你十八岁生日，算算日子，我们已经认识414天了，这一年多里发生了太多事，我们曾陌生过，我们也曾老死不相往来过，好在最后的最后我们是朋友，对，是朋友。

你看，转眼都快两年了，感情升温得太快，我都还没弄清是怎样一路走来，我只知道我眷恋你的身影、你的微笑，看着你就再也不想移开目光。有人问我，为什么我站在楼梯口却能看到校门外的你，我说是因为她的一切哪怕是走路的姿势我都太熟悉。

我第一次见到你是你来我们班找人，我站在教室后门口听见你的笑声而抬头，你就这样突然闯进我视线里，而后毫不费力地占据我的心。你短发、喜欢打闹、脾气不好，不是我预想中的模样，可我偏偏喜欢上你，别人再好我也不想要。对我来说最美好的事就是如今看在阳光下奔跑的你和当初惊鸿一瞥遇见的你。

第一次想要为一个人努力，我想要强大到能为你挡风雨，姑娘，我爱上了你的笑，未来怎样我都愿意陪你一起走一起扛。

姑娘，你信吗？所有的感情都要经过时间的沉淀，无一幸免。那么，若我爱你到青丝变白发，你是否愿意为我穿上婚纱？我知道你一向认定我的感情并不能持续并延续，从开始到现在你一直都是这样认为的，你说有太多人心口不一，可你知道吗？同样也有太多人从一而终，我曾对你说过，你什么样我都爱，好的不好的，平和的暴躁的，我都愿意接受，姑娘，我一直都在你身后。

我是没有多少讨好你的天分，但我比谁都认真，我想娶你，我没有开玩笑，我发誓会对你很诚实，我像孩子却愿意保护你到世界末日。如果有一天你能看见这些，我是说如果，你得明白，在某个时段，你是被一个人这样地爱着，他把你当作他的妻子，随时准备为你遮挡风雨，他把你规划在他的未来里，他会用一生的时间去敬你、爱你、保护你。

夕阳西斜时，我遇见了你，自此相思轻缱绻。我愿被时光所沉淀。

"如果说，当时惊艳，只因见识少，那为什么那么多年的时光，我的城池从狭小荒芜到繁华壮大，城中住的人，却仍然只有你一个？"

姑娘，我想带你去内蒙古纵马任逍遥，想带你去杭州看西湖烟波浩渺，想带你去苏州看园林庭院小家碧玉，想带你去青岛今朝有酒今朝饮，姑娘，我更想带你回海南看松果落满山坡，看海南的操场和始终屹立的情侣树，姑娘，我想要我们的身影与足迹遍布祖国的大好河山。

其实仔细想想，我们好像没有什么故事，也好像没有什么交集，哪怕是在一个班里，我也不知道为什么会爱上一个陌生人，不过是老天偶尔赏赐给我的一个温暖的微笑，就像冬日里的一米阳光，可这是

> 每一段爱情，
> 都是一封尘封在记忆里的情书，不知所往

事实，我怨过我是一个学生，我什么都给不了你，可我也庆幸我是一个学生，我可以让感情不掺杂任何杂质，这是我唯一能给你的。

姑娘，我认识你算早吗？不算吧，不然怎么会让你先遇到别人，爱上别人？姑娘，若他爱你我没有什么话好说，可是姑娘，为什么你同我一样爱而不得？我看着你为他哭，看着你为他笑，姑娘，那是折磨，我每天都要选择规避这份承受不了的折磨，你离我那么近，我却拥抱不了你。

姑娘，你说什么样的情书才是最美的情书？我是真的不知道，这感情太单薄，禁不住你的挥霍，也好，把我的感情消耗殆尽我就不再爱你，可现在的我还是爱你的对吧，爱到眼里只有你，爱到我看不见别人，姑娘，我清晨想到的第一个人是你，夜晚想到的最后一个人同样也是你，纵然飞蛾扑火我毫不吝啬，可是，路途颠簸你看不见我。

姑娘，路途颠簸，你看不见我。

亲爱的初恋：

不知道你现在在哪座城市，过着怎么样的生活。

今天，距离我们分手已经有十五年之久了，我不知道现在的你是什么模样，我甚至也记不清十五年前你的样子，只是有一张模糊的，但又被我反复雕琢过的脸出现在我的记忆当中。

亲爱的初恋，直到今天，我这么平静地坐在家里，遥想我们当年的往事，我才真正深刻地意识到，你不是具体的某某某，你是我的初恋，代表着我繁华的青春，代表着那个时候的我自己。

我曾那样爱过你。我那时那么年轻，那么相信爱情。我以为你会是我的全世界，会是我的一生一世，我甚至从来没设想过分离。

那个时候的我们，对爱从不吝惜，"一生一世""唯有你""永

不变",我们常用这些最激烈的词语表露自己的真心,用最猛烈甚至出格的方式表达爱意。

那个时候的我啊,以为这就是爱情,以为这才是爱情。我坚定地相信,我永远只会爱你一个人,爱情也只有这样一种极端的表现形式。

可后来,我们还是分手了,没有多好的理由,和大多数人一样,因为在时光的流逝中激情逐渐退却,因为对方的缺点日益变成一种对自己的诅咒,因为发现原来这个世界上还有更好的选择。

和你分手后的很长一段时间,我以为我不会再爱了。我始终无法释怀,也不愿意相信。

我无法释怀如果连曾经那么相爱的我们都最终走到分手,世间到底还有什么感情值得信任。我无法释怀,你说的永远、你说的唯一怎么可以说变就变?我无法释怀,我们共同构筑的梦想怎么可以这么不堪一击?我怎么也弄不明白,明明那么相爱的人,怎么说不爱就不爱了呢?

我渐渐相信,人的一生只会爱一个人,而在我的生命里,那个人就是你,现在你走了,我命中的爱情已经用尽。所以,我恨你。

可是后来我发现,时间可以治愈一切。我渐渐不再哭泣,不再梦见你,不再觉得每个人的身上都有你的影子。我又恋爱了,分手了,再恋爱,再分手,逐渐地,你已经离我那么遥远。

现在,我结婚了,还有了一个宝宝,过着一种以前从未想过的生活。我很爱我的老公,可以说,我爱他的程度并不亚于当年爱你。

亲爱的初恋,我早已不再恨你,有时我也会想,我还爱你吗?我想大概还爱吧,只是这份爱,已经无须证明,也无须表达。你已经和我青春的记忆紧紧地绑在一起,一想到你,我就会想到我们相爱的那些日子,那时天空的颜色,那时我棱角分明的价值观和我对爱情奋不

> 每一段爱情，
> 都是一封尘封在记忆里的情书，不知所往

顾身的执着，你总是能牵扯出一长串的回忆，牵动我整个青春。

所以，我想谢谢你，所有的伤害，所有的痛不欲生都已经过去，并且祭奠成我美好而独一无二的回忆。

虽然我写下这封信给你，虽然偶尔我还是会想你，但是我并不想见你，这封信也并不会寄给你。就让你永远停留在你的位置上吧，那个张扬、疯狂、不顾一切的年代，我穿着百褶裙，而你穿着运动衣。

我只是想告诉你，谢谢你给过我不一样的爱情，谢谢你用一次又一次的呼吸刻画了我青春的印记。我现在在这里，你就留在过去，让我们用一种奇特的方式不断产生交集。

最后，就让我再说一次我爱你吧，这种爱，是对我们共同的过去的尊重，是对青春的缅怀，是对曾经执着爱过的我们的敬意，我想，你都会懂的。

那么，再见，祝好。

我们之间的美

文 / 飞行官小北

小安，你好。

那天你说，如果我们在美国相遇，就一起去阿拉斯加看极光。我说好的。可是你知道吗？小安，我已经长大了，已经学会如何看待约定了。约定这种东西，成立于氛围，结束于现实。它们作用于很久以后，不经意间被想起会觉得很美。它们的美不在于最终实现，而在于使人铭记。

五年前，你我约定去外地的寄宿学校念书。在那所学校等待你的日子里，我脑袋里想的全是跟你相遇的那一刻。如果在教学楼前跟你相遇，你一定会站在窗外，用口型唤我偷偷告诉过你的小名，我一定会慢慢悠悠走出教室，却不小心撞歪一两张桌子，忍着疼走到你面前，一手插兜，另一只手弄乱你的头发，绷着脸问，怎么这么晚；如果在宿舍楼前跟你相遇，你一定会先打电话让我往窗外看，我一定不会开窗,只是隔着玻璃偷瞄你一眼,然后用我独创的三步下楼法蹦完每一层楼梯,却在二楼停下来喘几口气,然后挠着脑袋走出宿舍大门,为了忍住不咧嘴而使劲往其他地方看;如果在操场跟你相遇……

你真正出现的那一刻,我却忘了所有设计过的动作,傻了一般就知道笑。

那一刻多美啊。你直接溜到我宿舍门口,推开门,探进你挂着笑的小脑袋。我腾地坐起身,先是一愣,然后就乐个没完,边笑边暗自感谢上天让宿舍没有其他人。你走过来坐在我怀里,我闻着你的头发,正想说"才两周没见又变沉了"之类的话来讨打。你先我一步开口了,说你一会儿就走了,你父母又改变主意了,你只是来看看我。

你瞧,多美啊。

某天你突然打电话问,如果毕业时答应跟我在一起,我们现在会过着怎样的生活。那是一个仲夏夜,我正在海边散心,喝了点儿酒。你说出这句话,风忽然就停了,就这么神奇。到底是气流撞击所产生的幻觉,还是我喝醉了呢?

我找了一片干净的沙滩坐下来,我说我们应该很快会分手吧,我们的个性太不合适了。我说的是实话。你说对,你也这么觉得。但是你瞧,我曾不顾一切地希望我们能在一起,现在得知你也曾考虑过这个问题,这是不是说明,或许某个平行世界里的我们真就在一起过呢?能有机会这样想,这多美啊。

实际上,我们之间的美不只这些。我全都记得。比方说窝在你家沙发上看电影那次。可能太好看了,我竟忘记牵你的手。其实也没忘记,说老实话,虽然你的手我牵过不少次,但每次再牵都需要鼓足勇气。那次我没鼓起来,是因为许久未见,怕你尴尬。没想到你虽然眼睛盯着屏幕,手却不老实了,不偏不倚塞到我汗津津的手心里。我长舒一口气,似乎听到了"啪嗒"一声,像是安全带卡进插槽里的声音。

每一段爱情，
都是一封尘封在记忆里的情书，不知所往

比方说爬到你家楼顶看风景那次。你隔着围栏往外看。三、二、一，我心一横，猛地从背后抱住了你。那是我第一次抱你。可你继续往外看，看天看地看空中，看云看风看飞虫，就是不看我。好像这一切是多么自然，又好像为了不伤害我而忍着。接着你说，如果恰好被卫星拍到，会不会出现在谷歌地图上。后来我还真上网查了。有点儿可惜，并没有。

比方说你刚从老家回来那次，第二天清早就把我叫到公园。有雾。我们在公园里看晨练的老人，我根据那些老人的动作给你编笑话。可能是因为雾，我们的胆子都变大了。你贴得很近，将我的胳膊搭在你身上。我有点儿发怵，下意识挪远了一些。你把我拽回你身边说："别装，其实你也喜欢这样是吧。"我没说话，手依然搭在你的身上，却扭过头看别的地方。别的地方，对，别的地方有一片竹林，晨雾中像一头毛发松散的怪物。

……

但我印象最深的，是我转学以后给你打电话的那晚。那晚灯光很暗，影子很凉。我们谁都没说话，接起电话就哭，像提前商量好了一样。我忘了谁先开始的，可能是你，可能是我，可能是我的影子。为了听清楚你每一声喘息，我拼命把听筒往耳朵眼上摁，连鼻涕都不敢擤，怕把哭吓跑了。我们就这样，你一句我一句地哭着，怎么都哭不累，好像很幸福似的。在我的鼻涕流进嘴里之前，你说了句"我爱你"，这辈子唯一的一次说"我爱你"。你知道吗？小安，那一刻我很想死，就死在那一刻。

那一刻多美啊。

美得我竟有些失落，就像《食神》里薛家燕饰演的裁判，吃到那碗叉烧饭时的内心独白——这么好吃的叉烧饭，以后吃不到该怎么办。我甚至有些惋惜，这么重要的三个字竟被你脱口而出，这对我即将离去这件小事来说未免过于隆重了。

我这样解释,不知道你听不听得懂。如果用在代表你对我的感情上,这三个字确实重了。就好比我只得了安慰奖,你却发给我一等奖的奖品;如果用在代表我对你的重要程度上,这三个字则刚刚好。是的,我有这个自信。以我的努力程度,足以在另一场叫作"谁是小安最重要的人"的比赛中获得一等奖。虽然那场比赛我没打算参加。

你曾说过,对你来说我是一个不能被任何人替代的人。我也明白,对你来说我只能是一个不能被任何人替代的人。这就是我在你这条道上可以获得的最高荣誉。像一个终身被软禁的国王。只不过这个国王当年不服,埋头做着希望能感动他的天地的事,而且奢望他的天地不只是被感动。

对不起,小安,怪我,是我想要得太多了。

意识到这一点是在多年以后。在此之前,我曾在最无助的时候希望能有台时光机,让我回到过去,阻止最初的我遇见你。我真这么想过,我很惭愧。而我能写下这些文字,证明那个最无助的我并没有做到。我猜想,一定是未来的某个我提前回去了,他悄悄在那个无助的我面前放了一百块香蕉皮,然后在暗中保护着最初的我,让他有机会经历这美好的一切。

想想吧,以我后来的性格,未来的我一定会搂着最初的我的肩膀,边敲他的脑壳边告诉他,你想要得太多啦,傻小子。而以我过去的性格,最初的我一定会拍开他的手答道,我要是不傻,你还会觉得这些美吗?

是呀,小安,你瞧,这些多美啊。

都是一封尘封在记忆里的情书,不知所往

寄往贝克街的 *情书*

文 / 岑桑

与癖好有关的爱

这个世界上,每个人都有癖好。两个有相同癖好的人,容易走得很近,心理上会有相似的气场,能生出相互依存的欲望与冲动。

这篇有关"癖"与"爱情"的理论,不是我说的,是徐必的名言。他说这段话的时候,我们坐在午夜的办公室,窗外是隆冬夜色。我把打印好的文件放在一边,说:"你猜,陈锦生有什么癖好?"

我和徐必在同一家公司实习。午夜加班,中午拼饭,是上司眼里的"黄金搭档"。这样寒冷的夜晚,我们都不想回宿舍。徐必和我挤在沙发上,以情侣的姿势,为我追另一个男生出谋划策。

十年前,十年后

陈锦生是谁?

陈锦生是法律系的名人,有讨喜的脸和挺拔的身材。我们乘过同一部电梯,坐过同一张餐桌,吃过同一款八块钱的食堂套餐。我在自习室很大声地听"林肯公园",他很主动地搭讪说:"嗨,女生也喜欢摇滚?""什么?"

他大声喊:"女生也喜欢听摇滚?"

其实我听得见。别怪我逗他,校法律援助团的明星法援者、大牌律师楼钦点实习生、KFC(肯德基)街头篮球赛全国十强……闪闪发亮的标签,让陈锦生看起来,更富有光泽。全校百分之八十的女生,评定他为最受欢迎"完美先生"。

之后,陈锦生借着"林肯公园"的话题,开始约我。我们去练歌房,看午夜档电影,吃双人套餐……做了一切情侣该做的事。只是,他对"爱情"只字不提。

后来,我把这个问题抛给了徐必。他笑到半死才说:"你先不要急着为他爱不爱你抓狂,你应该先问自己,到底喜不喜欢他。"

可是,面对陈锦生这样优秀的男生,我有什么条件谈喜欢与不喜欢。我求徐必帮我去打探陈锦生的"癖好":"毕竟你是男生,男生和男生之间会好沟通些。"

我讨好地说:"你不是福迷吗?搞定他还不容易。"

徐必那副悠悠的笑容又来了。他说:"看来,你也知道我喜欢什么啊。"

福尔摩斯在这个世界上存在过

我当然知道徐必喜欢什么。他爱名侦探福尔摩斯,坚信福尔摩斯是柯南先生的纪实体小说。每一年的1月6日,他会给伦敦贝克街221号寄一张明信片,开篇的第一句就是"亲爱的夏洛克·福尔摩斯先生,祝你生日快乐。请告诉我,你在这个世界上存在过"。

而我,很能理解他这种无聊的举动。人是需要一点儿偏执的。没有道理,不须解释,只是标注自己在这个世界上的独一无二和与众不同。

三天后,徐必通知我去地下美食城的泰辣火锅。徐必很不客气地一点再点。我咬牙切齿地说:"你最好有点儿货真价实的东西,要不然别想我埋单。"

徐必从口袋里掏出一张信封,淡蓝色,押了红印。我伸手去拿,他却用力攥着。"打开之前,我想送你句话。"他说道。

"说。"

徐必望着我,僵持了许久才说:"有时你一直追求的,并不一定真是你想要的。而你随手放弃的,才是值得珍惜的。"

那一刻,他的眼睛里有难得一见的光彩飞掠而过。我的心脏,跳得有点儿慌,飞快地扯过信封,转身走了。

这就是你想要的

徐必确实有做福尔摩斯的潜质,有理智的头脑和敏锐的直觉。他的信封里,装着动漫展的票。那一天,我装作不经意地在陈锦生面前露了白,陈锦生便忍不住追问:"哪儿来的?你还喜欢漫画呢?"

我一脸故作惊讶地说:"对呢,你也喜欢?"

于是我和陈锦生用很青葱的样子去了动漫展。千奇百怪的美少女战士跳上舞台,陈锦生混在人群里,吹了响亮的口哨。

那天就在陈锦生送我回宿舍的路上,他忽然停住脚步对我说:"知道吗?你是我遇到过的最合拍的女生。做我女朋友吧?"

一直期待的场景,突然出现在眼前,我的大脑却一片空白。陈锦生毫无征兆地探身过来,吻了我。

我仰着头,睁着眼,反反复复告诉自己,你应该兴奋到尖叫。

可是那一刻,我却没来由地想起了徐必。我仿佛听见他附在我耳边说:"嗨,这就是你想要的,对吧?"

黄金拍档就算散伙了

我开始和陈锦生正式地谈起恋爱。而徐必很自然地退出了我的生活。

最后一次见到徐必,陈锦生已经是一名律师,而我正坐在他的新车里,徐必坐在一家便利店的玻璃窗前,吃便当。他看见了我,对我举了举手边姜茶的杯子。

我想给他一个微笑,隔着雨丝和玻璃窗。可是陈锦生的车子就在那一刻发动了,我侧头看后视镜里的倒影,徐必突然低头吃得很凶,很猛,仿佛和那碗饭有几世深仇。

再知道徐必的消息,已是6月了,在地铁站里,刚好遇到从前的头儿,他无限感慨地说:"唉,徐必昨天也辞职了,我手下的黄金拍档一个也不剩了。"

而我默默地听着徐必辞职的消息,心里掠过一丝凉。我在考虑,自己是不是该疯狂地找一找他,来宣泄这份不安分的心境。然而陈锦生的电话就在这时打了进来。他问:"你在哪儿呢?"

我用理智而喜悦的声音说:"我这就回来了。"

是的,我必须理智,必须喜悦,因为我的男朋友,是深受百分之八十校园女生肯定和好评的完美先生。

寄往贝克街的情书

我和陈锦生只谈了五个月的恋爱,也许,更少。不是我不能表现得很爱他,而是陈锦生的谦谦气度,容不下我不起眼的癖好。

"你能不能不看那本烂书?"陈锦生对我大吼这句话的时候,我坐在午夜的窗前,姜茶在手边缓缓散着香气。我的手里,捧着新买的

《福尔摩斯全集》。窗外是隆冬夜色。

陈锦生望着我,忽然叹了口气说:"你爱姜茶,也爱福尔摩斯,为什么要和我在一起呢?"

那一刻,我无法回答。我做了完美先生的女友才恍然发觉,挤在两个人的沙发里有多温暖,而那一杯随手递来的姜茶,也不是谁都可以泡出的温度。

我真的很想对他说,我懂了。

可是,徐必,你在哪儿呢?

你还爱喝姜茶吗?

你还相信那个一百二十五年前的名侦探曾经存在过吗?

伦敦贝克街221号是福尔摩斯博物馆的地址,每年会收到数以万计写给福尔摩斯先生的信。这一年的1月6日,我开始给他写信,开篇第一句就是:

亲爱的夏洛克·福尔摩斯先生,如果你在冬天收到一张来自中国的问你是否在这个世界上存在过的明信片,请你提醒他,请他用那颗善于推理的脑袋找到我爱他的证据吧。

每一段爱情，
都是一封尘封在记忆里的情书，不知所往

狐狸那时
已是**猎人**

文/安葭

1

N大的运动场是仅次于静湖和阶梯教室的第三大艳遇地。

韩冷和宿舍里的兄弟挤在看台上灌啤酒，今天是韩冷的生日，他们撮完小馆子，继续来这里折腾。

体育场的一角，有一个女孩正在练百米跨栏，夜色挺深了，她就在三个栏之间，跳啊跳，像个被巫婆下咒的可怜的小狐狸。于是，无聊的荷尔蒙游戏开始了。

"谁能把她的电话要来，我请吃肥牛火锅！但是号码要让她写在手臂上。"

谁去打猎呢？当然是韩冷！谁让他今天是该死的主角。

韩冷勇敢地走向目标。女孩有一双特明亮的眼睛，韩冷突然知道什么叫明眸如水。

韩冷说："今天是我21岁生日，我唯一的愿望就是想认识你。"

女孩几乎没怎么犹豫,就大大方方把一串数字按韩冷的要求签到了他小臂上。顿了一下,又补了两个字:程紫。

见他得手了。看台上的几个坏蛋发出不可理解的鬼哭狼嚎似的口哨声。

女孩一看这阵势就什么都明白了,她问:"拿我赌什么了?"

韩冷挠了挠头,诚实地答:"肥牛。"

女孩没有接茬,更没有骂,头也不回地走了。

2

第二天,仍然是华丽丽的运动场,盛大的校运动会。

系学生会主席韩冷站在水泥台上,头上系个羊肚肚手巾,腰里别着竹板,手里提着一对鼓槌,拿出购物频道一股卖八星八钻那不要命的疯劲儿领大伙喊口号。

女子百米跨栏竞赛,韩冷一眼就看到了程紫,在第四道。

发令枪"砰"地一响,韩冷的心一哆嗦,除了意甲他极少紧张成这样。

突然,程紫被一个栏绊了一下,摔倒了。这一摔,可把韩冷的心疼给摔出来了。但程紫倔强地一瘸一拐走向终点。

由不得韩冷不责备自己,如果不是昨天他们那充满醉意的玩笑打扰了女孩的训练,断不会是今天这个惨样。

3

于是,韩冷决定让全宿舍的兄弟组团替他道歉去,这样才显得够有诚意嘛。

可惜午饭时分,又发生了一个非常影响他形象的事故。

韩冷被薄念念堵在了人气爆棚的食堂门口。

薄念念穿着白衣白裙白球鞋站在桃花树下，头发没挑染，眼睛没烟熏，扮相很穿越，很像静秋。不过，桃花树下的薄念念可比山楂树下的静秋好看太多个层次了。

薄念念启动蝴蝶样的小嘴唇说："再给你一次机会！"

韩冷说："真不用了，机会留给有准备的人吧。"

薄念念说："你不喜欢我，是不是变态呀？"

韩冷说："嘻嘻，变态太严重了，变异吧。"

其实，高中时韩冷追薄念念，多半是出于虚荣，谁不爱校花呢？那个时候，他分不清什么是喜欢，什么是爱。当然，他现在也不见得就分得清。可是，这样的恋爱一点儿都不好，这半年来他一直提分手，然而，薄念念就是不甘心。

薄念念说："你气死我了。"就开始大哭，还有台词——"我对你这么好，你为什么不要我啊？为什么劈腿啊？我的钱都给你上大学了。"

韩冷终于知道她为什么这种造型了，没错，来毁他的。

韩冷心里替北影一个劲儿地遗憾，去年为什么就没收了她呢，回头碰上冯小刚什么的，就是章子怡第二啊。

围观者议论纷纷。韩冷挤眉弄眼，四处张望，状态特像流氓。突然就看见了程紫一闪而过，眼白都没瞅他。

后来，道歉团回来，对程紫的评价是，很御姐。根本就懒得理他们嘛。

4

误会可能涉及人品了。韩冷痛下决心，必须把形象扳回来。

程紫在一家麦当劳打小时工。韩冷就去等程紫下班，他也不进店，程紫出来，就乖乖跟在后面，护送她安全回寝室。

五月底的一天,北方沙尘暴。韩冷静坐在昏天黑地的风沙里,信心爆棚地以为这招能把程紫感动出来。然而程紫根本就不管他的死活。又气又饿的韩冷,最后和沙尘暴赌起气来,就是不躲。

程紫从麦当劳里出来,风沙歇了,但尘埃还在空气中流转,光线昏暗,韩冷的脊椎骨弯成一张弓,像只埋汰的猴子。程紫笑得前仰后合。

韩冷带着哭腔说:"这回扯平了吧。"

程紫笑嘻嘻地道:"嗯哪。"

韩冷和程紫一起看电影、一起吃小馆子、一起去动物园看昏睡的大熊猫。这不都是情侣做的事吗?可惜,他们不是。因为在年轻的时候,表白总是最艰涩的事情。

5

程紫病了,韩冷去接她的时候,她一直趴在桌子上。

韩冷背着她,这是她第一次这么依赖他。韩冷心里很疼,说不清地心酸,他说:"以后,你的病,都由我来生。"

韩冷终于分清了什么是喜欢,什么是爱。爱一个人,就是想替她生病,她摔跤的时候心疼得团成一团,每次见她都像坐过山车,就算刮沙尘暴把自己刮得粉碎仍然很贱地寸步不离。

这天韩冷把头发梳得整整齐齐,分界笔直,头皮亮白,帅哥变成了傻蛋。

上完心理学课,韩冷赖在阶梯教室不走,说:"根据弗洛伊德的理论——爱的本能会驱使一种想要占有的冲动,然后如果一个人觉得无法控制或者被它吓到,就会反其道而行之,就像幼儿园里女生咬男生……你对我很糟糕. 所以你一定是喜欢我?"

"我不喜欢你!不是那种喜欢。我们是两个世界的人,不是火星和水星那么简单的区别,而是弗洛伊德和E.T.(外星人)。"

韩冷一下子呆掉了,即使最骄傲的灵魂,也会被爱所伤。

6

委屈、郁闷、想念、痛苦、强颜欢笑。暑假刚一放,韩冷招呼都没打,就跑去了三千多公里外的安徽写生。画烦了,就看沈从文传记,读沈从文写给张兆和的情书。

有一天,他望着那个绝美的小湖,突然就想起了程紫的眼睛,思念排山倒海。

于是,他用画纸手给程紫写了一封信:

芦苇是易折的,磐石是难动的,我的生命等于芦苇,爱你的心希望它能如磐石。求你将我放在你心上如印记,刻在你臂上如戳记!

五天后,他收到程紫的短信:

如果你想我做你女朋友,七十二小时内归。

韩冷想不明白,本来,他占尽先机,张嘴就要到电话,可见印象上乘。可为什么混着混着,他就低到尘埃里,只有自残的份儿?

而程紫的解释是,狐狸总有一天也会成长为猎手。你太过顽劣,如果不多些折磨,只怕好景不长。

机场。韩冷熊抱程紫,狠狠闻着她的味道,那么沉迷。正是忘乎所以表达爱意的经典时刻。程紫期待着。

韩冷在她耳边说:"我非常感谢沈从文。"

原来情书是二手的,泼猴!

每一段爱情，都是一封尘封在记忆里的情书，不知所往。

情书

文/吴念真

偶尔他还是会想起几十年前那种双排对坐、黄色的台北公交车，因为那种座位安放的方式让他和那个女孩有长达半年的"相亲"时间，而那颜色根本就是他们爱情的象征。

那时候他在松山一家机械工厂当技工，晚上在城内一家商工学校夜间部进修，高三那年的某一天，那女孩出现在他眼前。

他上车的地方是公交车的起始站，所以通常都有座位，他习惯在上车之前买一个菠萝面包当晚餐，在车内乘客逐渐增多之前啃完。

有一天，他看到对座出现一个好看的女生，也和他一样，低着头认真地吃着面包，不过是起司的。

那女孩之前没见过，制服上头的校名和学号显示她念的是离他学校不远的一所女子商业学校，同样是高三。

女孩也察觉他的存在了吧！卡其窄裙下的腿不自觉地稍夹紧，低着头，放慢吃面包的速度，一小块一小块地撕，有一下没一下地嚼。

车子逐渐进入市区,乘客逐渐拥挤,不过,透过摇晃的人缝,他反而可以比较大胆地去看她那好看的模样。

车到八德路,乘客已经塞到没空隙,但左转敦化南路之后,有一个聒噪的女生却用声音告诉他那女孩的存在,甚至断断续续地传递着某些信息,那女生应该是她的同班同学,说:"好羡慕你哦,现在每天都有位子可以坐……可以先睡一下!……第一天习不习惯?电话会不会很多?……有宿舍好好哦……不用付房租。"

也许是缘分,当晚他一上车就看到被挤在人群里的她,在"请往里面走"的催逼下,最后他就停留在她身边,近到可以看得见她脸上几颗可爱的雀斑。

车过八德路,乘客逐渐稀疏,两个人开始有座位,对坐着,都低着头;车到终点时只剩他们两个,下车后,女孩头也不回,小跑离开。

之后半年,每星期至少有三四天,他们俩重复着这样的路程,彼此知道对方的存在,通过她同学偶尔的呼喊,他甚至连女孩的名字都知道,但两个人却连一个招呼、一个笑容都未曾交换。

寒假看不见的日子,他竟然会觉得失落,甚至会傻傻地想:那女孩呢?会不会跟我想她一样想念我?

天气转暖后的某一天,在拥挤的车子里,他听见那个聒噪的同学说:"啊!木棉花都开了!"然后他听到那女孩说:"我好喜欢木棉花,觉得它好男人!"

那天晚上他翘了一节课,跑到仁爱路三段,趁路上没人,也不管树干粗糙刺人,他攀上一棵木棉树,连花带枝折下一整段,然后坐出租车回到终点站等她出现;当他把花递到她眼前时,她看着他,没什么特别反应,只淡淡地说:"你好神经。"

第二天傍晚上车的时候，女孩走过来，递给他一个信封，然后依旧沉默地坐在对座，慢慢地吃着她的起司面包。

教室里他迫不及待地打开信封，里头是一张纸，但只贴着一个一块钱的铜板，以及五个阿拉伯数字，一如天书。

同学骂他笨，说："她叫你打电话给她啦！"

第二天他打了，是一家木材加工厂的总机，他说："请帮我接×××小姐……"之后，总机竟然一阵沉默，然后是她的声音，说："我以为你不懂我的意思……"又一阵沉默之后，他才听见那女孩有点儿哽咽地说："你知道吗？……寒假的时候……好几次，我竟然会在没课的时间跑去搭公交车……那时候……我就知道……我完了！"

几年之后的结婚典礼上，他一字不落地重述了那次电话里她讲过的话，说当他听到女孩哽咽地说寒假没课竟然还跑去坐公交车，说"我就知道，我完了"的时候，电话这头的自己一样热泪盈眶。

每一段爱情，都是一封尘封在记忆里的情书，不知所往

被岁月遗忘的
小情书

文/沈锁锁

整理老房子的时候，在柜子底层意外地发现一叠情书。被旁边的男友看到后，嚷着要拿出来看。于是那个日光倾城的午后，我们一字一句地读着那些年少时光里的小情书，仿佛一下子回到了单纯美好的青春时光。

"你看，他说你是他心里的女神呢。我吃醋啦。"男友一边看，一边打翻醋坛子。

其实我知道他也只是开开玩笑，谁的青春不曾这样认真地被表白过，谁的青春不都这般煞费苦心地对暗恋的那个人说喜欢，而最终陪我们长长久久一辈子的又有多少会是最初的那个人呢？

幸好还有情书，在多年之后，提醒我们关于那些最初的心动。

也许每个女孩对情书都有着一种美好而独特的情愫，被人喜欢总是一件开心的事情，情书是青春最好的印记。

我记得那个淡蓝色的信纸来自隔壁班的小A。我们是初中同学，后来直到大学毕业，他才写了这封信告诉我他喜欢了我整整十年。这十年里虽然总是听到很多同学提起这份默默的喜欢，但这是我收到的他给我写的唯一的一封情书，他说自始至终这都只是一场暗恋，他说无论他怎样努力都赶不上我的步伐，他说希望我幸福。

后来我在想，要有多喜欢，才能默默地喜欢一个人长达十年？所以即便我没办法回应给他同样的喜欢，这封情书也一直被我珍藏到现在。我该感谢他，我的青春因为他那么绵长的喜欢而变得美丽起来。

那些捆绑在一起，用各种颜色的信纸写的信，来自班长。他的喜欢是明亮亮的，所以他给我写很多的情书，也给我说很多鼓励的话。高三枯燥的备考生活，因为有他而变得生动起来。虽然最后我们人各天涯，却也成了很难得的知己。也许每个女孩的青春里都会出现这样一个男孩，不在爱人的位置却给了自己最好的关怀，你的青春因为有他而不寂寞。

可是有些情书即使看到落款的名字，也要回忆半天，想不起来对方的样子。或许他的喜欢只是一时的感觉，得不到回应也就没了下文，年少时候的爱情总是这般脆弱。现在想来，要是再次遇见他，让他看到当年的这些情意绵绵的情话，会不会觉得很有趣？很多时候，总是在时过境迁之后，我们才发现那些单纯的喜欢有多珍贵。

那个下午，看着看着，笑意在我嘴角上扬。虽然最后谁也没有和谁在一起，可那些柔软的句子却是我们青春最好的见证。

如今有多少人能静下心来认认真真地写一封小情书呢？今天发的情话，过段时间就有可能丢失，爱情也跟着变成了快速消费品，写情书成了一件很奢侈的事情。

一生只爱一个人，多好。

那次在苏州的平江路邂逅一家咖啡馆，其中店主精心准备的一项很有意义的节目是"给未来的自己和他/她写封信"。这封情书可以根据自己的要求在多年后寄出,等到那时候读此刻写下来的文字,心情一定是独特而美好的。

闲下来的时候,不妨给自己爱的人写封情书吧。慢慢地写,不着急,然后贴好邮票,寄给她。又或者可以偷偷地塞在她的包里,给她一个惊喜。

因为无论什么时候,情书之于女人的意义都是不朽的。情书是内心的一种情怀,情怀永远都不会老。

> 怎一段复情,
> 都是一封尘封在记忆里的情书,不知所往

怎么写一封
情书

文 / 轻吟的阳光

很久以前,在阿拉巴马州塔斯卡卢萨我有一套我最喜欢的公寓,住在那里的时候,我写了我的第一封情书。那是一个湿热的下午,我坐在带有屏风的门廊上,享受着一个人的寂寥,满脑子都是她的身影。我在一张空白的报纸上画了一颗很酷的心,然后放入打字机,磨磨叽叽地写出十五句话。一个小时过去了。我觉得我不得不这样做。我不打算修改,也不打算用修改液。尽管这样,那个女生收到看过之后还是很高兴。她把它贴在冰箱门上,她的冰箱门上还吸有生日贺卡、复活节贺卡、寄托思念的明信片。这让我很苦恼。我告诉她:"这是一封情书,写给你的情书,你应该保存好,把它折叠起来夹在书的某一页里。"她没有明白,她只是把它看作一张明信片。

写情书的时候,记住:你不是在写明信片,是在写一封信。

首先,坐下来,因为需要很长时间。

情书有自己的旋律。情书必须是手写,这得花费一些时间。不能

写得太短,也不能写得太长,长短定夺上也需要花费一些时间。

回忆过去的时候不要撒谎

如果你的爱情在一次皮划艇之旅时降临,不要只是提那些你自己的经历。提点儿其他事情吧。让河流给你添色。或者,叙述一个你在看她、她没有觉察的时刻。描述得详细点儿,这样就可以显示出你记得什么,你还记得什么。

事实胜于雄辩

一封好的情书在很明白地传达感情的同时也要特别刻画。"我看到你在公园看两个人下棋,是如此安静,我喜欢你看东西时的样子。"在你告诉她你喜欢她什么之前,把那些喜欢她的证据展示给她看。先展示,后告白。

不要啰唆

爱情宣言更有效。即使在一封很短的信件中,你也得留点儿空间给爱情宣言。有了爱,就有了稀缺的价值。那就是为什么收到情书的感觉像中头奖一样。

最重要的是,记住这是私人信件。

讲一些让自己惊讶的事情。让她知道,她需要重新定位你了。这是最极端的方法,但是这样一来,情书更像爱情本身。当然,这是有风险的。

每一段爱情，都是一封尘封在记忆里的情书，不知所往

15岁的暗恋

文 / 夏雨珊

莫展晨，在我连绵的记忆里，不知从什么时候开始，只剩下了初见的那一幕了。你刷卡结账的动作有点儿漫不经心，又有着咬牙切齿的味道。

好伦哥的自助餐，我混迹在一群人当中，不敢抬头看你的眼。把时间往前拨几分钟，你和一群男生输掉了赌局，我这个站在教室门口不知所措的过路人也被众人簇拥着来到这里蹭了顿自助餐。我到现在都不知道你到底和那群男生赌了些什么，并且如此愿赌服输。

为了不让你的钱浪费，我拼命地吃了好多看上去值钱的东西，水果、烤肉、蛋挞，我都整盘子整盘子地端回来。有一次周围的人都去取餐了，你抬起头来看到我塞到嘴边的鸡腿，"扑哧"一下就笑了。你开玩笑地说："姑娘，别吃那么多肉，会发胖的。"

莫展晨，你知道你活在我的臆想里有多少个日夜，才会让上苍都眷顾我，安排了我们这次并排坐在同一张桌子上，来这么一段简浅明亮的对话?

我们从下午四点吃到晚上八点,大家扶着墙走出来。你问我到哪边坐车回家,我要回答你的时候,你的手机响了起来,铃声是那首温柔的《暧昧》,你犹豫了一下,但还是接了。我对你指了指天桥的方向。

笨蛋其实不一样

2008年的秋天我和你只相隔一个过道。

你人高马大,有点儿胖,喜欢踢足球。他们都说你这么高的身材不打篮球简直就是浪费,于是你叫上你那些哥们儿去练篮球。你总是一身臭汗地在周末下午回班级换衣服,左手拿着可乐贱兮兮地笑着问我:"能开下窗户吗?"

我绝对不是在这个时候忽然喜欢上你的,但是又是从什么时候,我开始注意上你了呢?

我在你的世界里一直都是不声不响的透明人。有一次你忽然停下笔来,看着在发呆的我说:"杨素素,你好奇怪,周末你在班里发呆不如回家睡觉呢,你为什么每周都来这儿受罪呢?"

这个时候我能和你解释说,因为你每周都来打球吗?

终于你还是放弃了篮球,因为总也学不会。

入冬的一天,你忽然说你要过生日,周围的人都躁动无比,又有借口勒索你了。你却转过头来问我:"杨素素,我过生日,有什么礼物要送吗?"

我拿不出像样的礼物,支支吾吾说不出来话,脸"唰"地又红了。你哈哈大笑起来,像是安慰我一样说道:"开玩笑的啦,走,带你们去我家吃饭。"

晚上你送我出门,你问我去哪个方向,我指了指东边,你忽然跳起来说:"咦?不对啊,素素,我记得你上次说你家在西边啊,你和你妈妈又换房子了吗？"

你居然还记得，你上次陪我过了天桥，你还记得那是西边。

我赶紧解释着："哦，搬家了，原来的房子住不起了。"

你点了点头，没再追问。

其实笨蛋，也是不一样的。

丑小鸭没有变成白天鹅

2009年文理分班，我读文你读理，从一道之隔变成了一楼之隔。

我知道你喜欢逛校内网，喜欢看微博，于是我换了个名字加了你的校内和微博。

不在同一个班级的日子，只能在网络上搜寻你的蛛丝马迹。每天我的零花钱没几分，我偷偷攒起来，攒到一定数量就去网吧，去微博上看你的状态。

有一次，我很不幸地被我妈妈抓到，她找了一根很粗的棍子打我，我倔强地不去看她，也不跟她解释我去网吧也只是看看网页上你的状态而已。打到最后妈妈哭了，她一把鼻涕一把泪地坐在廉价的地下室里哭得不可抑制，她说她这辈子的希望都押在我的身上，没想到我如此不争气。

莫展晨，我也觉得我很不争气。成绩没你好，人缘没你好，家境也没你好，那么你说，我有什么资格去喜欢你？

我忽然很沮丧很难过。我从家里跑出来，用那个掉了漆的破手机给你发短信，我说，我很难过。你没有回复，我不甘心，拨了过去，听到甜美的声音讲道，您拨打的电话是空号，请查证后再拨。

只是我还不能够表白

我高三了，我真想争所谓的那口气。我不再偷偷攒钱去网吧，也很久很久没再在校园里见到你。

有人给我写了情书,一个小眼睛的男生,却有点儿你温文尔雅的气质。那一日被妈妈打骂并拨不通你电话的晚上,我在心里狠狠地唾弃了你,并发誓遇到在你之后第一个追求我的男生,我就放下清高的姿态和他在一起。

我翻了翻日历才想起来,今天是圣诞节。

那个追求我的男生喊我下楼,和他们一样大声喊着叫着。我四处寻找你的踪影,很失望,最终没能找到你。

终于按捺不住,那天我再次逃了课,去网吧,翻到你的校内网,却看到你的头像已经变空,状态是几天前发布的那句话:如果我离开。

我不知道发生了什么,发了疯一样跑回学校,跑到你的班级,站在门口死命地喊着:"莫展晨,你给我出来!"

教室安静极了,大家都抬起头来看泪流满面的我,有人小声地说:"天哪,哪里来的疯子,莫展晨都退学好久了……"

这世上最安慰人的童话大概是,你挖空心思暗恋的人,也挖空心思在暗恋着你。

我是这样一个卑微的穷光蛋女生,你是那样一个短命的纨绔子弟,唯独不告诉我,你也在关注着我。

偷偷打球并受伤的那个下午你被抬去医院,后来又被家长连哄带骗送出了国,留了学。也因为赌气,切断了和国内所有的联系,甚至还未道一声再见便已消失。

很久以后我收到了一个包裹,像是好多人提到的慢递一样,寄给多年后的自己。莫展晨,你把多年以后的自己寄给了我,只是,只是我再不能够表白。

我看到了你画的蓝色天空、校园路和土里土气的我。我看到你记

> 每一段爱情，
> 都是一封尘封在记忆里的情书，不知所往

在2008年的日记，那个赌便是，你敢爱上此时此刻开门走进来的这个女生吗？你说其实你对他们说了谎，你说你不敢爱。

那个开门走进来的女生便是我，很荣幸，她是我。

但是你还是爱了。用十六岁年轻向上的生命。我也一样。

忽一段爱情，都是一封尘封在记忆里的情书，不知所往

当年
木兰女儿心

文 / 桥边红药

1. 请问你有没有爱过孔立夫

如果那天做自我介绍的时候不出意外，像姚木兰这样姿色平平的女生，第一眼很难被人记住，甚至第二眼、第三眼估计都不太会给人留下印象。但是那天在阶梯教室举行开学典礼，大家依次做自我介绍的时候都很顺利，唯独姚木兰介绍完后，有个坐在最后面的男生很大声地问："请问你有没有爱过孔立夫？"

姚木兰顺着大家的视线一直看到最后，那是个高高瘦瘦的男生，穿很白的衬衫，头发是黄灿灿的有着韩国俊俏小生的微烫。因为隔得太远，姚木兰看不清楚他的样子，模模糊糊觉得他在笑，戏谑的气氛蔓延开来，大家初次见面开个玩笑来活跃气氛，期待讲台上那个穿棉布裙，长发及腰的女生，有什么出人意料的答案。可是冷场一分钟，姚木兰都一直静静地看着那个男生，然后稳稳地放下话筒，一言不发地走下讲台。那天坐在最前面的有年轻的导员、系主任、学校校长，姚木兰就这么一本正经地冷了场，驳了所有人的面子。此后所有同学的介绍都中规中矩，姚木兰那张冷静的"你再说一次试试"的脸，以及走路有点儿特别的姿势，让太多人记忆犹新。

而姚木兰却愤恨地认为，中文系的男生都有点儿掉书袋，显摆什么啊！

2. 谁允许你抱走了我温暖的被子

九月的时候北方仍然余热未尽，女生都穿着短裙在槐树下张扬而过，男生的T恤依然常常湿漉漉的时候，姚木兰却抱了被子晒在五楼的阳台，一天一次，假如太阳依旧灿烂到让人出门要涂防晒霜的晴朗。你说，姚木兰是不是有点儿，神经质？

十月末的时候，一场秋雨一场寒。姚木兰上午晒的被子忘了收，又恰好整个宿舍整个下午都有课。坐在教室听老师讲上古神话，夹带着听外面狂风呼啸，看枯落的梧桐叶大片大片被卷在空中，姚木兰跳楼的心都有了。好不容易挨到下课，姚木兰疯跑出教室，瓢泼秋雨悉数打在身上，跑上五楼的时候，脚步都开始踉跄。打开门，跑向阳台，被子已不在绳上，做了最坏的准备从阳台往下看，没有，确实没有。却有个男生撑了蓝色的雨伞，在对面的楼上，定定地看过来，像当初，姚木兰静静的眼神。哦，忘了说，姚木兰的宿舍是女生公寓的最后一栋，恰好朝南，对面是男生公寓第一栋。居住于第一栋的全是艺术传媒系的公子哥，帅气，阳光，多金，还有王子般的艺术修养。

所以那天穿黑色休闲西装、浅色牛仔裤、白色滑板鞋的李一凡，撑了蓝色雨伞抱着蓝色方格被子站在中文系女生宿舍楼下时，雨中奔跑的学生都放慢了脚步看着李一凡，那个传说中的艺术传媒系的小王子，抱着的是哪家姑娘的贴身之物？而闻言下楼的姚木兰在众目睽睽下劈头盖脸地质问李一凡："谁允许你抱走了我温暖的被子？"李一凡不语，微微一笑，这一笑却让姚木兰慢慢红了脸，伸手接被子的时候，是李一凡呵着热气响在耳边的话："你种的吊兰，实在好看。"

3. 岂止是耳鬓厮磨

姚木兰的确种了一盆吊兰，宽线形的嫩绿的叶片，60厘米左右长的花序开满了白色的小花。在花茎上又生出数丛由株芽而成的小植株，在一格一格的阳台上随风摇曳，不失为一道风景。像女为悦己者容，士为知己者死，吊兰养给自己看的，没想到吸引了别人的注意。

姚木兰当然不知道李一凡天天都站在对面看那盆吊兰，她只是习惯每天早起在英语角听英语，没课的时候拖把椅子藏在图书架后看书，偶尔给学校的通讯社写篇文章还用了笔名。谁又知道哪篇文章的哪个笔名是姚木兰的呢？况且姚木兰老穿一种长长的直筒裤子，上下一般宽，看不出一点儿玲珑曲线；简单的帆布鞋，与裤子相应的是高高的长长的马尾。也不知道姚木兰会不会跳舞，反正第一次自我介绍后，姚木兰就把那条裙子收起来叠在了箱底，再别想看见姚木兰的衣袂飘飘。这样的姚木兰美吗？好在姚木兰人不错，发新书那天大家都拿不动的时候，姚木兰不声不响地用行李箱拉着新书反反复复好几趟帮女生拿书，借行李箱给男生，还帮他们捆书。可是这样也不能阻止流言四起：李一凡喜欢姚木兰啊！

艺术传媒系的迎新晚会如火如荼地准备时，中文系的女生都找姚木兰要票。姚木兰愣愣地问："我怎么会有票？"大家不可置信地摇头："凭李一凡在艺术传媒系呼风唤雨的地位，弄几张票不是小菜一碟？"姚木兰很认真地听，很认真地问："李一凡，谁啊？"很想敲姚木兰的脑袋，可是大家忍住，给了一致答案：是在雨中伞下，和你耳鬓厮磨的小王子。不，都抱被子来给你了，又岂止是耳鬓厮磨？

"可是姚木兰这是真的吗？"美女刘璐园多问的这一句让姚木兰恍

然大悟，哦，名为要票，实为探虚实，有票没票，流言都会不攻自破。

4. 不是你不美，是中文系美女太多

十一月梧桐叶落尽，踩上去会窸窣发响的时候，北方天高云淡。姚木兰照旧晒了被子，靠着被子仰头看天，也看衣架上悬着的吊兰，有点儿苍绿，天终究冷了，是该移入室内了。这么想着的时候，听见对面有人喊："姚木兰，姚木兰。"转身就看见李一凡在对面挥手，像总统下飞机面对民众般优雅地挥手，姚木兰白了李一凡一眼，转身进屋，一起搬进去的，还有阳台上悬着的吊兰。

姚木兰终究没有拿到艺术传媒系的晚会票，倒是刘璐园给不少人发了票。很正常，新生入校第一天刘璐园就以压倒性优势被评为中文系系花。高挑的个子，长长的卷发闪着葡萄酒般的光泽，不大的眼睛却总像含了水一样迷蒙。一袭波希米亚风格的蓝色长裙，大方又有点儿妖娆的美丽，众望所归，独占花魁。刘璐园给姚木兰送票的时候，姚木兰委婉地说了句"谢谢，我已经有票了"。

那天的晚会很精彩，刘璐园被艺术传媒系借去所跳的开场舞一开始就让全场热了起来。其间精彩不断，而李一凡表演的钢琴独奏《卡农》为整个晚会画上圆满句号。姚木兰坐在教师嘉宾席后的第一排，清楚地看到了聚光灯照耀下，李一凡中指的那枚铂金戒指，在黑白相交的琴键上，金光流转，熠熠生辉，忽然就生生刺了眼。散场的时候，李一凡追着姚木兰出来："我还以为你不来了。"姚木兰依然冷淡："我来不来关你什么事？再说了，我又不是美女，不入您的法眼。"像是吃醋的味道，李一凡戏谑："不是你不美，是中文系美女太多。"还要说什么的时候，刘璐园追到李一凡身边，很娇气地说："一凡，我找你半天了。"

姚木兰识相地摆摆手，走开了。

5. 不是"拣尽寒枝不肯栖"

刘璐园和李一凡在学校出双入对的时候，姚木兰报了第二学位的辅导班。除了上中文系的课，就泡在图书馆查资料，晚上还拼命开夜车。大三的时候同宿舍的女孩都找到了另一半，生活好生安稳，姚木兰也修满了第二学位。姐妹们开玩笑："木兰，你别太挑剔了，再不抓紧，可真成剩女了。"

不是没有人对姚木兰示好，不是没有人费尽心思给姚木兰写情书，也不是没有人买了玫瑰放在姚木兰图书馆常坐的座位上，只是姚木兰一一谢绝。姚木兰从没想过那一盆吊兰会成为对面整栋公寓男生的谈论话题，甚至有男生开始学习养吊兰，只是恰好朝北，不如姚木兰的吊兰长势旺盛，连拿出来晒晒的勇气都没有。真有坚持的男生一定要约姚木兰逛街，姚木兰就去了，可是自己买公交车票，自己掏钱吃饭，自己拿购物袋。如果有男生付了钱，事后姚木兰一定想尽办法买个篮球或者羽毛球拍再还回去。到后来，追姚木兰的男生一一收手，这么独立的女孩子，实在超乎最初想象。

而姚木兰在心里问了自己很久，如果当初不曾看到那枚戒指，是不是对李一凡依然讨厌？讨厌他的张狂，讨厌他的微笑，讨厌他的自以为是的安排，讨厌到不想见他。可是偏偏见到了，心里的坚持忽然就柔软了，如果那些流言成真，是不是就有可能与李一凡执子之手，与子偕老？

窗台上的吊兰依旧生长，每年的三月到九月都绿得让人心醉，可是李一凡，你在哪里，看不看得到？

6. 原来你也在这里

2011年的夏天，姚木兰即将毕业。而这个夏天也是李一凡去维也纳的第二个夏天。

四年的时光，白驹过隙，而往事并非如烟。依然清楚地记得，四年前只身来到这座城市报到，车站旁的工地飞起的灰尘扬进了迫不及待想要参观的姚木兰的眼里。姚木兰揉着眼睛缓缓蹲下的时候，有个男孩子走到她身旁："要不你用手帕擦一擦？"姚木兰没有看清男孩子的面容，却看到他细长的手指上，有一枚铂金的戒指，刻着精细的"PA"两个字母。姚木兰擦好眼睛抬头寻找的时候，身边人流如潮，哪一个才是温和地递手帕的男生？

每个人都可以有一枚戒指，纯银的，水钻的，景泰蓝的，可是铂金戒指刻了"PA"字母的，一定是他的。那个穿黑色燕尾服，轮廓分明，有着细长眉眼的，在琴键上手指如飞的小王子——李一凡。那个在幼儿园就嘲笑自己走路难看的男孩，那个后来为了道歉把脖子上的戒指取下来，说"PA"是一生平安的男孩，那个在大学开学初就给自己难堪问无聊问题的男孩。姚木兰都记得，都原谅，都只是因为喜欢。

原来时隔多年，李一凡，你也在这里。可是没有早一步，没有晚一步，刘璐园也遇见了李一凡，姚木兰这样的小草，该放到哪里去？如果像正常的女孩子一样，姚木兰倒想鼓足勇气问问李一凡，可不可以喜欢自己？可是姚木兰走路跛腿的样子，连一只丑小鸭都不如，那王子还是骑着白马直奔公主的殿堂吧！

7. 有句很酸的话，你没有听到最后

姚木兰给吊兰浇水的时候，刘璐园走了进来。夕阳西下的时候，刘璐园喝下最后一口姚木兰泡的茶："我和他分手了。"姚木兰愣了一下，却还是安然收好茶具。"其实，当年的那些票，是一凡让我交给你发给中文系的女生的，那些流言他岂会不知？他希望你以女主角的身份，甜蜜地微笑着进入会场。哪知你以优秀学生的身份由导员赠票，我就对一凡瞒了下来。可是这几年我很明白，一凡的心里有你，

每一段爱情，都是一封尘封在记忆里的情书，不知所往

原来你遇见他，比我早。"姚木兰听着这些话，静静地看着吊兰，起身准备收被子。"如果你还记得他，不如去找他，有些事，要争取。"这是刘璐园留给姚木兰最后的话。

姚木兰谢谢刘璐园告诉自己这么多，可是总有一些女孩子没有正常的身体或者缺失一份骄傲的美丽，曾经一度决定，要像花木兰那样扮了男装，在感情的事上，英勇无敌地保护自己那颗柔软的女儿心。可是一生这么长，要走这么多地方，总要遇见一个人，让自己低到尘埃里，默默地心生喜欢。只是没有勇气承认，也没有勇气接受，不如用自己的坚强拒之于千里之外。

姚木兰当然记得李一凡，记得七岁那年搬走的李一凡哭着说："姚木兰，你每天把被子晒一晒，你的小腿暖和了，走路就好了。"姚木兰就照做了，一做二十多年。李一凡的嘲笑和难堪，不过是想让姚木兰走出自卑和难过，假若我李一凡许姚木兰一座充满阳光的房子，面朝大海，春暖花开，姚木兰是不是就从明天起做一个幸福的人？

有句很酸的话，姚木兰没有听到最后：不是你不美，是中文系美女太多，但是在我眼里，你最美。

只是当年扮了男装的木兰，也有一颗女儿心。

每一段爱情，都是一封尘封在记忆里的情书，不知所往。

时光有没有手机号码

文/紫鱼儿

时光，它有没有手机号码？我很想拨通，和它聊一聊。

你知道我在做什么吗？

我不会哭，因为我已经过了躲起来偷哭的年龄。

当然，我也不会笑，因为一个人的笑容，只能证明我有多么寂寞。

甚至我连自己是不是想你都无从感知了，你留给我的，只有一个永远不会变动的电话号码。

那是你的手机号码。

你说，那个号码的前半部分代表了你所在的城市信息，而后半部分，则是我的出生年月。

你说，我们从没在一起过，直到你有了这个手机号码。

我知道这个号码的存在，是在高中毕业八年后的同学会上。

我和你坐在一起，彼此交换着联系方式，你报出了你的手机号码，然后安静地看着我。

我兴奋地说："你的号码和我的生日一模一样！"

你只是漫不经心地回答了一句："本来就是如此，只是有个笨蛋一直不知道。"

"谁？"我瞪大了眼睛，"哪个笨蛋？"

你笑了，睫毛摇碎了投映在脸颊上的光，我怔住，默默地把手机还给你。

其实我们有八年没见了，不是吗？

那晚之后，我回到了自己植根的城市。登录QQ，跳出你的好友请求。我犹豫了很久，点了同意。

你问："好吗？"

我答："好。"

你说："请让我说完，好吗？"

我说："好。"

你说："你的记性一向不大好。"

我说："嗯。"

你说："所以，我的手机号码是你的生日。我想，你即使忘记了所有的事情，总不会忘记自己的生日吧，这样的话……兴许你就会记住我的手机号码，偶尔……偶尔会打电话……给我。"

我在对话框里打出一排省略号，然后又一个个删掉，手是颤抖的。

你说："高中入学的第一天，你就迟到。别的女生穿了规矩的校服，只有你穿了一条长裙，淡紫色的，站在班级门口，红着脸对老师说对不起。老师责备了你几句，然后指定你的座位。我看着那片淡紫走过来，走近了，坐在我的旁边。上计算机编程课的时候，你趴在课桌上睡着了，脸朝向我，阳光很好，我甚至能看清楚你近乎透明的皮肤上两粒小小的雀斑。和你比赛背历史题,我总是赢,对吗?其实我没有那么聪明,为了赢你,我头一天晚上就提前把题目背好。我知道你好强,如果我输了,你就不会再肯跟我一起比赛;你送过我很多礼物,有一颗你去海边玩捡回来的小石头,上面用漆写了我名字的最后一个字;你知道我集邮,就从你爸爸的邮册里偷出来拿给我一张纪念邮票;拔河的时候,你扯掉了我袖口的一颗纽扣,第二天你还了一颗给我,虽然对不上颜色,可我还是收下了;文理科分班,你留在原班,我分去了理科班,分班那天,下了大雪,之后再见面,你就会嘲笑我长了一颗理科脑袋。或许吧,或许我真的长了一颗理科脑袋,我精于计算一些数学、物理题目,可我却没办法算得出来,我究竟想了你多少次,那些关于你的片段计算成时间会有多漫长。我们毕业了,考去两个不同的城市,离得很远,我们的视线之中唯一共同的,是一条江水。大四的时候,是我最后一次单独为你庆祝生日。在一家小精品店里,我给你买了一张生日卡,上面印着一个穿着淡紫色长裙的女孩,很像你。我去了江边,手里拿着生日卡,想象着你在江的另一端,在过着怎样的生活。在心里帮你许了愿,在想象中帮你吹了蜡烛,然后离开。"

我看着对话框里的字一行行地蹦出来,我不知道该怎样去回应,我想回应给你一个表情符号,可每一个符号都是僵硬的,就如同坐在电脑前的我自己。

我不知道。

我不记得自己高中的时候是不是穿了淡紫色长裙,我不记得曾经跟你比赛背历史,我不记得在海边捡过一颗小石头给你,我甚至不记得曾经扯掉过你的纽扣……

我不记得,可是……我记住了你在QQ上说的最后一段话。

你说:"八年了,听说你要结婚了,我从没想到过有一天自己会真的把这些话说出来,而且是以这样一种远距离的方式。我不知道自己是否还在喜欢你,我也不知道今后会不会真的忘了你,我甚至不知道为什么会跟你坦白这些。我是自私的,我承认,可是请不要否定我的回忆,不要说……这些全是我的幻想,从没有发生过。请允许我保留我的手机号码,或许有一天,你会记住它,毕竟,那是你的生日,再见。"

之后,你的QQ头像暗了,并且再也没有亮过。

没错,我要结婚了。

我的生命里,你只是以同学的身份出现过,可是你为什么从没告诉过我,你不只是希望我是你的同学。

你知道我的记性不好,可是我记得你开学的时候穿的白衬衫是什么样子的;第一次开班会的时候你作为班长站在讲台上,窘迫的表情是什么样子的;分班的时候,你笑着对我说,再找一个不爱说话的同桌吧,免得话痨的我上课又想着聊天。

你说分班的那天下大雪,可在我的记忆里,那天很冷,是个晴天。

大四那年的生日,我已经开始实习了,去了你所在的城市出差,你和我之间共同的只有一条江,于是我站在江边,默默地把关于你的记忆结束。

你的记忆,和我的记忆为什么从没有交集过?既然没有交集,为什么有一天又会重逢,而重逢的时候,我们已经没有了机会,没有了给彼此机会的能力,无法对彼此言爱,无法在彼此的记忆中找到正确的自己。可是你却以自己的方式,让我记住了那一长串的数字,那个代表着距离、时间以及我生日的数字。

君住长江头,我住长江尾,我们从此……江湖不见。

每一段爱情，
都是一封尘封在记忆里的情书，不知所往

谢谢你，给了我关于爱情的全部*想象*

文/月岛雯子

亲爱的红牛哥：

好久不见。最近累吗？

记得去年冬天，我第一次到医院实习，作为实习小组长的我拿着入科报到单，带着小兴奋和小紧张，和同班五个男孩傻傻地戳在骨科医生办公室，等着分配带教老师。

这时候值班室的门开了，冲进来一个三四十岁的大叔，身材魁梧，头发凌乱，脸上带有散乱分布的胡楂以及起床气，气质闷骚。那是我对你的第一印象。

第一次你带我进手术室，守门大妈硬是不让我进去。你坐在换鞋台上表情严肃地说："你不让别人进来，我的手术还做不做咧！"当我看到你一边坐在那儿要赖，一边搓动刚脱下袜子的脚丫，心里又想笑又感动。

好不容易进了手术室,面对这个全新的像工厂车间一样的世界,我很紧张,手都不知道该往哪儿放,生怕违反了手术室的无菌规则。肌肉紧绷的我换上手术衣,站在你身边,看你给一个先天性马蹄足的七岁小男孩取踝关节内的固定钢板,看着你专注的样子,我心里既有敬佩也有崇拜。

学医五年,也只不过是坐在教室里死读书,这里才是真正的职场,需要的是胆识与魄力。站了一个小时,末了,你把手中的持针器和镊子递给了我,让我完成缝合。我犹豫地接过,心想,完蛋了,在学校实验室操作考试我都手抖,差点儿没及格,这次肯定要出丑了。

结果真的好丢脸,我的手根本不听使唤,抖得连皮都靠不近。突然,你的手握住了我的手,宽大、有力、温暖,感觉我的手瞬间不是我的了,继而轻巧地一针、两针、三针……缝完皮我全身都湿透了,惊魂未定的我内心泛起了涟漪,脸滚烫滚烫的。谢谢你的救场,让我避免了尴尬。

又是一个夜班,从值班室出来的你,头发又创了新高,每一根都油到自己站立起来。你身穿绿色刷手服,外面套了一件没有扣起来的白大褂,颇有美剧里医生的范儿。你端起换药碗,朝我看了一眼,说了声"走",我就跟在你身后一路小跑,好像要跟你去打群架。

到了病人面前,你帮他们拆线,病人应该是没做过手术,问道:"医生啊,拆线疼不疼啊?要不要打麻药啊?"你一脸严肃地嗔怪:"小朋友还不是这样拆的!都没喊疼!"我在一旁偷笑,突然觉得你像一个大孩子,那么可爱。

末尾你留了一针让我拆,我故作镇定,心想这次不能再出丑了,于是接过镊子和刀片,可镊子怎么也提不起深埋皮下的线头,我又紧张了。你看出了我的窘迫,温柔地接过镊子:"来,我来。"

三月,早春还没有回暖,我离开了骨科,感觉整个人都被掏空

每一段爱情，
都是一封尘封在记忆里的情书，不知所往

了，天天走神。在其他科室实习，老师们都说我做事不认真，经常犯迷糊。我想跟你聊天，又怕你嫌我烦。后来在普外实习的我一有机会就会溜到15手术间偷瞄你在不在，只要看到你在做手术，我就会感到非常满足。

最后一个实习的手术科室是心脏外科，那天，我和老师在18手术间台下做体外循环，老师让我每半小时送一次血气，我知道这是我最后一次来手术室，想着一定要看你最后一眼。

每出来一次，我都朝着15手术间偷瞄，直到第五次出来，当我拿着试管绝望地走在光线昏暗的手术室过道，你突然像一道阳光一样出现在我的面前，假装堵在我前面不让我过去，胳膊却被旁边的铁架子撞到，你夸张地喊疼，我笑了。你不知道，此刻我多么想给你一个大大的拥抱，多么想趴在你的肩头痛哭，告诉你我有多么想念你。

从那以后，我再也没有去过手术室。虽然我的学生宿舍和你的外科楼只有一墙之隔，但现实的差距却像一道鸿沟，不可逾越。有些时候，我甚至幻想，要是你再年轻十岁，要是你没那么聪明，要是你不那么招女孩子喜欢，那该有多好啊！

此刻，我已经踏上了开往上海南站的列车，三年的研究生时光和住院医师培训会成为我职业生涯中最艰辛难熬的泥潭，但是一想起你，我就浑身充满了能量。我告诉自己，一定要挺住，待明年春暖花开，我又可以重新穿上白大褂，站在你的身旁观察你专注的可爱模样。

谢谢你，出现在我21岁生命里的美丽印记，那是一个女孩关于爱情的全部想象。

第四章

每一次的错过,
都是心口的一枚朱砂痣,
刻骨铭心

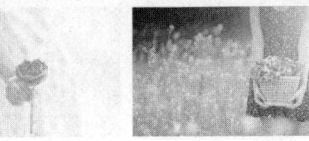

每一次的错过,
都是心口的一枚朱砂痣,刻骨铭心

把秘密
说成玩笑

文 / 林大雪

我不记得上一次见到沈形若是哪一年的事情。时间过得太快,有一些事,你以为早忘了,像滚到床底下的毛线团,有一天突然冒出个小线头,似在撩拨你,你轻轻一扯,就连血带肉扯出了过往。

小型同学会的练歌房包厢,沈形若推门进来的时候,他们叫:"嗨,你迟到了,罚酒三杯。"我也挥舞着一只手叫着。他在我身边坐下,摇着骰子笑嘻嘻地说:"来玩一把。"我努力辨别他的神色,眼睛像深潭,似藏爱意。

我在大四那年喜欢上沈形若。据说他大一就进了帅哥榜,我对男生的容貌感觉很迟钝,直到大四那年,寝室里的小桢过五关斩六将终于擒获了沈形若。他出现在我们的寝室聚会里。当我发现我只及他的肩膀,需要仰头才能望见他又深又黑的眼睛时——我想约小桢出去单挑。当时我就挽着小桢的手臂靠在她的肩头,哇哇叫着"私藏帅哥该当何罪"。姐妹们全来敲我的头,说"是你太迟钝,小桢是以一敌百泡到沈形若的,一夫当关万夫莫开,你来得太晚"。我趴在桌上咯咯笑,冲着沈形若说:"留点儿神,咱们这儿可是盘丝洞。"

我一直这样,大声地把秘密说成玩笑话,连自己都辨不清真假。

那时我们临近毕业,沈形若进入考研的冲刺阶段,小桢日日在图书馆陪读。我读一本又一本小说,借书的时候经过阅览室。沈形若穿深绿的T恤,沈形若笑起来露出洁白的牙齿,沈形若理了短发,沈形若穿了一双三叶草运动鞋。喜欢上姐妹的男朋友很可耻,我不知道是不是因为沈形若才爱上图书馆,他藏在一个又一个故事间,愈加丰满。小桢在每晚的卧谈会里说着他们的事,甜蜜地笑。我缩在被子里,没有声响地叹息。直到某天,小桢美目圆瞪,说沈形若独自买了去广西的火车票,在车上才打电话来知会。三天后沈形若又拨来电话,说龙胜很美,央室友寄去复习书籍,打算把家暂时安在那儿。我说:"小桢,你也去,给他一个惊喜。"她皱着眉头说:"山里太闷。我不去。"我的心扑腾扑腾直跳,两天后我跟寝室的姑娘们交代,说我要回老家面试,就踏上了开往广西的火车。

我知道龙胜很美,大一那年已去过,曾站在山顶望着层层叠叠的梯田心潮澎湃地立誓会再来一次。我在第三天遇见沈形若。他瞪大眼睛看我,我微笑着说"这么巧"。剧情并没有可圈可点之处。我们爬山,交谈,他抱着一叠复习资料坐在树下,我捧着小说看到天色渐暗,笔记本电脑放着音乐。

我说:"寝室的姑娘们以为我回老家找工作了。"他答:"结果你对该单位环境不满。"他在太阳底下眯着眼睛说:"林凉语,毕业后你会不会留在杭州?"我说:"会的,杭州太美,没有哪座城市比它更好。"他说:"我考本校,在西湖边念书是最好的福利。"

这时电脑里唱出那首《灰姑娘》,"也许你不曾想到我的心会疼,如果这是梦,我愿长醉不愿醒"。一片叶子飘下来落在他头发上,我终究没有伸出手。

整整十二天时间,我们各自占据一座山头。夜里我站在窗前望过去,只有繁星持续精神抖擞地眨着眼睛。收到他的短信,说"繁星像一个梦境,而我愿长醉不愿醒"。恍惚间我真以为是个梦。我们走过同一片田野,看到同一朵花,听同一首歌,喝同一个牌子的矿泉水。而从头到尾,我们连手也没有牵。

回杭州的火车上,我们并肩坐着谈生活,小心翼翼地不在话语中将对方安插其间。甚至没有伤感,我们在校门口挥手告别,一切恢复原状。像从不曾经历那十二天,哪怕是在卧谈会上听小桢讲他们的故事时会偷偷落泪。后来我工作,谈恋爱,与其渐渐断了联系。听说他们分手的时候,自己情绪低落的时候,也会想起那段在山中的日子,心就会一紧。

时间一年年过去,我好像做了很多与沈形若有关的梦:他为我摘下发梢上的一片叶子;我曾在校园里遇见他,掉落了一摞书,他经过捡起来递到我手上,我撇撇嘴巴说,微积分一定是我的噩梦。

聚会上,我们喝酒,大声笑,像多年老友。沈形若往沙发上一靠撞到了头,我哈哈笑着揉他的后脑勺儿说"你傻不傻"。他望了我一眼,让我想起那年他头发上的一片叶子。有微微的疼。

沈形若带着一点点醉,拖我到角落,他笑着说:"你知不知道,我整整一个大一都在暗恋你。"他说:"每次上大课我都坐在你后面,你却从不曾回一次头。"他说:"我终于鼓起勇气打电话到你的寝室,她们说你去了龙胜。我想我们的时间真的不对。等你频繁地出现在我的视野里时,我却有了别的人。"他说:"这就是为什么我要去龙胜。"

他说:"我在大一入学时就知道你,你穿着浅绿色的连衣裙,费力地抱着一摞教科书,东张西望差点儿摔一跤,我走过去帮你捡起那些书,你对着一本微积分扁扁嘴说,这是你的噩梦,让它掉了一定是天意。"

我笑着溅出了泪,多想跟他说,我一直以为这是一个梦。我什么也没有说,只是点了一首《灰姑娘》,拿着话筒笑着对大家喊:"这是我最爱的一首歌,因为听到它的时候是我最好的时光。"

　　我还是这样,大声把秘密说成是玩笑,让它不够慎重,让自己看起来没那么伤感。

　　这一年,沈形若单身,我亦单身,可是时间已经过去了。我们错过了那个时间,我只能饱含笑意,唱一首歌给他听。

每一次的错过,都是心口的一枚朱砂痣,刻骨铭心。

如果爱情
记得青海湖

文 / 素描

当狂风暴雨来临之际,没有人会因此勃然大怒,他们知道风雨不会长久停留。

你见过没,青海湖边成千上万亩摇曳着的油菜花,青海湖里结满厚厚冰层的模样,青海湖像一颗永恒的眼泪。那一定是爱情最后被遗忘的地方……

天蔚蓝,海深情,映着并不浪漫的相逢

苏一凡不是属于曲麻河的人,林亚茹不用抬头看他就已经知道。

他的手指太纤细苍白。他的嘴唇呈紫绀色,他来自江南,来这儿还不到一个月。说不定,待几个月就走了,这样的事情她看多了。

他们就是这样相遇的,像所有烂俗的爱情片里惯有的情节,天一定是蔚蓝的,海一定是缄默深情的。可是林亚茹却没好气地努努嘴,示意这个肩不能扛手不能提的男人坐到一边,然后她抱起一包沉甸甸的书,像一个熟练的苦力。

他在背后犹犹豫豫地叫住她,指指她的鞋带。

她低下头去看,已经看不出颜色的鞋带落在一摊泥水里,她看了看手上的东西,犹豫了一下,他已经疾步走过来蹲下,帮她挑起鞋带细心地系好。只是,他又一次头晕目眩,仿佛第一天站在这个高原上的感觉。

苏一凡来到这里的第一天,就被壮阔的场景击中了,但是头痛、呕吐等高原反应同样袭击了他,他咬着牙坚持了下来。

事实上,他也没想到自己能走这么远,远到天边,只为逃离家人给他安排好的工作和生活。也是到了草原里这所最简陋的小学,他才发现,比起这里的天,这里的水,自己之前的事情简直渺小如沧海一粟。

林亚茹冷冷地看着他说:"这里不适合伤感,不需要怜悯,不适合文艺气。"石打的教室流水的老师,来支教的小青年,来时都很理想主义,走时都很现实主义,唯一留下的,就是林亚茹。

林亚茹俯身挑着教室门口的那团火,她的语气太契合这个傍晚。又冷又冰。他看着火光里她的侧脸,那是一张几乎没有任何表情的脸。苏一凡的心脏猛地乱跳了几下。

在林亚茹面前,他保持了沉默,他想,他迟早会证明她对自己的定义是错的,从一开始就是错的。

苏一凡留了下来,在这个漫长得不见头的冬季里。

那天他破例放自己一天假,搭上林亚茹的皮卡一起到县里去"化缘"——这里的冬天太冷了,教室和宿舍里都没取暖设备。孩子们一边追着跑圈圈,一边背单词。

他其实想和林亚茹多待那么一下下,一分钟也是好的。

他坐在她身边,小皮卡在草原上开得像是在跳藏族舞,跌宕起伏,和他的心一样。

几天下来收获不错。不过。她的小皮卡总是闹脾气，走到曲麻县的时候，索性罢工，她连踹了好几脚都不能发动，脸上的汗珠，有一点点太阳的反光，他看得微微入神，突然听见她问起："你见过青海湖没？"

等待，就像数过一朵一朵的格桑花

车修好后，她破例带他去了青海湖。

青海湖远远超过了他的想象，就像林亚茹，是他无法用想象来仔细勾勒的一种存在。

她来到这个鬼地方只是因为小时候参加学校组织的一对一帮扶行动，她帮助了一位青海地区的同龄儿童。长大后的她，想来这里看看朋友，这一看，就再也走不掉了。

后来苏一凡在无数的夜晚回想起第一次看见青海湖的模样，蓝宝石一样的湖，静静地躺在那里。湖边，林亚茹的倒影和云朵的倒影一起，在湖面轻轻荡漾着。

第二天，林亚茹说去西宁给孩子们买点儿东西，她一个人开着小皮卡离开，却再也没有回来。

后来的日子里，苏一凡开始活在期待之中。

他带着孩子们高声地念诗词："君不见黄河之水天上来，奔流到海不复回……五花马，千金裘，呼儿将出换美酒，与尔同销万古愁！"孩子们则在他颤巍巍跨上马背后大声喊："夹紧腿，夹紧腿！"

他以为这就是一生一世了，时间在这里，变成了无足轻重的东西，可是他还是在一天天的日落星升中盼望着，盼望着能再见到一次林亚茹。

离开，头也不回地离开

再见到林亚茹的时候，苏一凡已经在这个地方待了三年。三年了，他已经可以仰躺在马背上驰骋草原，他以为自己粗犷得可以放下一切，可是，当他的目光落在林亚茹身上时，心脏又一次狠狠地揪在了一起，像那个烧着炭火的夜晚。

只是这一次的揪心，是因为她左手无名指上的那枚戒指，花纹很简单，可是足够说明一切。他再一次觉得胸口发闷，他看了看她的眼睛，没有说一个字，转身回了教室。

苏一凡在三天后离开了这里，在最后一站西宁停留时，买完车票，他把多余的钱全部买了文具和书寄往曲麻滩小学，然后头也不回地上了火车。

那年的他，再没勇气转过身

后来，苏一凡成了一个没有故事的男人。

他和寻常男子一样，上班下班，在琐碎和雷同的工作夹缝中寻找一点儿微薄的快乐。他开始发疯一般想念青海湖。想念那些孩子真挚的笑容和一个脸上映着火光的女子。

后来，他开始在网上搜寻关于曲麻滩的消息，在一个青海救助网络组织——格桑花救助小组论坛上，他终于找到了林亚茹。义工发的照片上，一队孩子在火堆边跳舞，远远地，一个女孩在刚搭建好的新校舍前默默工作，他一眼就认出那个背影。

她是谁？他装作陌生人似的，询问发照片的义工。

义工回答得飞快："这个女孩，去那里支教好多年了，几年前，她得了混合型高原病，肺动脉出了问题，治疗了好一段时间。稍微康复后，她再次开着她的小皮卡去了高原。可惜，汽车半路抛锚，她修理时千斤顶没顶住，车盘砸下来把整个左手无名指都压断了，做了断指恢复手术,这姑娘要强,谁都没说,戴了一枚戒指掩饰着,好久以后我们才发现。"

苏一凡的心跳得像是在擂鼓。他想起他要走时,林亚茹问他为什么突然要走,他说家里给安排好了,他得回去结婚,他的语气淡淡的,冷冷的。他转过身一路走一路流泪,他始终没有勇气回过头,再看一眼那枚该死的戒指,所以,他最终也没有看到同样流泪的那张脸。

如果爱情记得青海湖

这些年,我走过那么多地方,从大理到敦煌,从喀什到漠河。我在东极岛上的龙卷风里喊过你的名字,我在青海湖的水边想起过你的样子。但是,那都是过去了。我最后一次想起你的样子,那就是青海湖的夏天了。你见过没?青海湖边成千上万亩摇曳着的油菜花。青海湖里结满厚厚冰层的模样。青海湖像一颗永恒的眼泪。

那一定是爱情最后被遗忘的地方。

这是他写给林亚茹最后的,也是唯一的一封信。

他本来想亲手递给她的,却再也没有机会了。

那封信,在林亚茹的墓前,和经幡、玛尼堆、大风在一起,一起沉默着。

2009年9月3日,一辆进草原的小皮卡翻倒在寂静的路边。

车上,有送往学校的用品,还有一副据说林亚茹走到什么地方都带着的,洗得泛白的鞋带。

停电时
偷吻我的*男生*

文 / 马木子

1. 现实版的小白菜

比起那些妖气重重的女生,龚薇真不像是艺术班的女生,她从来不化妆,总是素面朝天,只擦一点儿乳液,坐在一堆化着黑色烟熏妆的女生中间,算是异类。而且,龚薇也不像90后,她没有破洞的裤子,烫不起爆炸头,她有个难堪的外号,叫小白菜,为什么呢?因为她总是穿一件白衬衫、一条绿裤子,脸上又总是委屈的样子:"活脱脱现实版的小白菜。"

龚薇也和母亲闹别扭,可闹来闹去还是那样,父母都下岗了,生活都困难,哪还顾得上买什么漂亮衣服。母亲最常说的话是:"你可一定得考上好大学,不然,钱都白花了。"

念艺术班的学费很贵,更贵的是那些画纸和颜料,所以,龚薇总是在报纸上画,被别人笑话也只能这样。

龚薇没有朋友，更没有爱情，更何况，她也没有时间恋爱，她在打工，在校办工厂，每天两个小时，一个小时十块钱，够她两天的生活费了。

当然也有全班同学一起去实习的时候，给做好的娃娃缝上眼睛这类简单的活儿，还是会有人做得不好，龚薇来帮忙，就会有人冷嘲热讽："她每天都做，当然做得好了。"

龚薇听见会很难过。她很希望这时候，有个男生站出来帮她，希望有个人像偶像剧里演的那样，默默地喜欢她，在她最无助的时候，给她安慰。可又一想，就泄气了，自卑的，不漂亮的，功课不好的龚薇，怎么会有人喜欢呢？

2. 黑暗里的偷吻

在校办工厂实习，龚薇也是一个人，旁边的同学都在聊天，她张张嘴想插句话，却发现根本插不进去，她们聊的明星，聊的衣服，聊的化妆品，她通通不知道。

她有点儿伤心，连灯光都不帮忙，忽闪了几下，突然就灭了，听说线路短路，正在修，但这并不妨碍同学们的好心情，大家还在火热地聊着天，龚薇走到最后面，坐在了那里。

四周都是黑暗，她听着她们的聊天，微笑着，但是突然，她就笑不出来了，因为她被偷吻了一下。

就在她的右脸颊，被人轻轻柔柔地亲了一下。她只看见了一个黑影子闪了一下，就不见了。在那一瞬间，他亲了她。她知道是个男生，因为看起来很高，她还想也许是个恶作剧，这样一想，就更委屈了。

灯在这时亮了起来，龚薇还是坐在最后面，红着脸，细细地看过班里的每一个男生，每一个都像是亲她的那个人，每一个又好像都不是。但还是有好消息,因为从同学们的脸上,龚薇看得出这不是玩笑,不然大家早就哄笑了,可到底是谁?

是陈建吗?一想到这里,龚薇就打了一下自己的脑袋,怎么会是他呢?他那么帅,那么优秀,身边的女生络绎不绝,龚薇对他,也只是暗恋而已。没错,是暗恋,已经两年了,可是不敢表白。后来龚薇觉得是唐宁,龚薇觉得唐宁总是偷偷看她,而且,唐宁曾经说过,龚薇是个很特别的女生。说一个女生很特别,多少是有点儿喜欢吧。

3. 吻了就是爱情

唐宁离龚薇心里的王子形象差远了,画画很好,但长得不好看,还有点儿傲气,龚薇向他请教的时候,爱理不理的,但龚薇不生气。

她只是觉得他吻了她,她很感激,要知道,一个孤单的女生是需要这样的鼓励的,更何况,平心而论,唐宁是个不错的男生。已经有美院要破格录取他了,他的一幅画得了个全国大奖。听到这个消息的时候,龚薇有点儿丧气,她从来没对那样的好学校有过憧憬,可是现在不一样了,她要和他一样,所以,她要比以前更努力百倍。

夏天的画室很闷很热,龚薇流着汗不停地画着素描,原来真的是功夫不负有心人,几个月过去,她竟然考了全班第三名。

龚薇还用自己打工赚的钱交了学费,这次没人再冷嘲热讽,都说她很厉害。连唐宁都这样说,说的时候,顺便握住了龚薇的手,说:"我知道你总是偷看我,你是不是喜欢我?"

龚薇知道,自己对唐宁没有那么喜欢,她只是感激,感激他在她那么落魄的时候还能喜欢她。所以,龚薇和唐宁在一起了,一起吃饭,一起画画,一起去看电影,一起聊未来。

可是龚薇忍不住看陈建,他很消沉,听说他失恋了,被一个女生甩了。龚薇有点儿心疼,还有点儿嫉妒,她很想安慰他,但找不到理由。

4. 凌晨四点的生日祝福

龚薇是以全班第一名的成绩考上大学的，比唐宁的成绩还好，但她看红榜的时候，却没有注意唐宁，而是在寻找陈建。

陈建去了另外的城市，龚薇有点儿难过。

她听说，陈建过生日，要开生日聚会，可是她没有被邀请，也是，他们根本就没说过几句话，怎么会邀请她呢？可还是会伤心。

但她还是去了。订了个大蛋糕，写着"生日快乐"，只敢写这一句，在凌晨四点的时候，偷偷放在他家门口。

后来，她看见陈建出门跑了几步四处张望了一下，又跑了回去，手里提着那个蛋糕，在说："是谁呢？"

龚薇想，他可能永远也不会知道是自己了。后来，她接到了唐宁的电话，唐宁问她有没有准备好，他们明天要一起去上大学。龚薇说，准备好了。她已经准备好跟陈建说再见了，而且，也许说完再见就再也不会见了。真是难过。

5. 从来都没有如果

龚薇上了大学一个月后就跟唐宁分了手。是唐宁说出来的，他以飞快的速度追上了一个女生，就对龚薇说："我发现我没那么喜欢你。"

龚薇哭了，问他："不喜欢我，还偷吻我？""偷吻？"唐宁有点儿莫名其妙，"我没偷吻过你，没有。"唐宁说完这句话，龚薇发现了一个事实，那就是自己也没那么喜欢他，她还冲他潇洒地挥挥手，说再见。

龚薇想，幸好不是唐宁，幸好不是，因为她真的没办法喜欢上他。她心里还有小小的骄傲,也许那个偷吻自己的男生在等着自己也不一定。可他,是谁呢?

龚薇又想到了这个问题,一想到就觉得自己一定要去参加寒假的同学聚会,一定要找到他。同学聚会上,大家都喝醉了,说了很多胡话,龚薇也是,说很感谢一个人,因为那个人,她才有了动力,才融入了大家,有了朋友。

龚薇眼睛有点儿湿润,她去天台上透气。她没想到陈建也跟了过来,站在她旁边,她的眼睛更湿润了,因为她刚才听见陈建说,已经和喜欢的女生在一起了。

陈建不好意思地笑笑,说:"你也很好啊,有唐宁。"说完陈建沉默了一下,接着说:"龚薇,其实我喜欢过你,我还在校办工厂停电的时候,偷吻过你呢。"

龚薇愣在那里。陈建接着说:"但我发现你喜欢的不是我,我又发现,我喜欢上了别的女生。"龚薇的眼泪掉了下来。

陈建回去了,龚薇也回去了,她发现自己还能说笑,还能喝啤酒,只是眼睛有些红而已,但过一会儿就好了,就像爱情,也会好。可是,如果她知道当初偷吻她的人是陈建,那一切会不会有所不同?

但没有如果,从来就没有。

每一次的错过，
都是心口的一枚朱砂痣，刻骨铭心

你的爱神
休息了吗

文 / 慕容楚楚

嘲笑你是一件不厚道的事

2006年9月的昆明和北京是不一样的：温度、湿度、风向，还有蓝得出奇的天空，就像把大海倒过来挂到头顶上。北方来的姑娘秦格格一下车就迷上了这满城开不败的花。

这是秦格格一直向往的春城——雪山，香格里拉，泸沽湖。这些美景之于她，比大学更有诱惑力。

军训第一天，秦格格站在队列里默默念着"土象"这个词语。

她前面的男生，结实强壮的身体上紧绷绷地套着小号军训服，像马戏团的小丑。

100个下蹲，皮肤黝黑的教官把口令数到39时，伴随"哧"的一串响声，前面男生的裤子从屁股处齐刷刷地裂开。站在后排的二十几个女生瞬间笑得直不起腰。他反应过来，迅速站起把双脚并拢，脱下外套系在腰间。唯一没有笑的是秦格格,所以他看向她的时候,脸上除了尴尬,还有些许的感激。

秦格格不笑的原因,是把他的高个头儿归到她北方老乡里去了,人生地不熟的新环境,老乡取笑老乡总归是一件不太厚道的事情。

七里香的香

徐征打来电话,秦格格拖着标准儿化音跟他约在教学楼主楼后的操场边上见面。徐征是秦格格妈妈的同事的亲戚,跟她一起考进云大。

秦格格轻易地被徐征找到,跟随徐征一起来的,正是上周军训时把裤子弄破的男生,张天浩。秦格格在随后的点名中记下他的名字,没想到他竟是徐征的同乡,土生土长的南方人。

秦格格再也忍不住,"扑哧"笑出声来。张天浩一副不介意的样子,等她笑够了,伸出手来,没说"你好"没说"幸会",说了句"格格吉祥"。

徐征请吃饭,穿过教学楼,一阵芬芳扑鼻袭来,秦格格低头到处寻找香的来源,徐征指向旁边的一棵开满粉白小花的树。"桂花。"徐征说,"北方少见吧。""据说又名七里香,中国十大传统名花之一。"张天浩走在秦格格右边,接下话来。

秦格格的心情是美丽的,云南物美价廉,四季如春。在那里桂花还有个好听的名字,叫七里香。

张天浩的天使很幸福

刚入校的大一男生张天浩,大学生活才刚进入状态,就开始做无数份兼职。他哪里是来学习的?

周日,背着超大黑包的张天浩被拦在女生宿舍门口,他扯着嗓子往楼上喊："秦格格，秦格格！"秦格格趿了拖鞋，匆忙中忘记戴眼镜，只得眯着眼睛看他，头顶的天空丝绒般蓝，"拜托，秦格格，你人缘好，帮我拿上去推销，回头请你吃饭。"

秦格格有与生俱来的江湖豪气。她拎着张天浩的大包上楼，在楼梯口看见张天浩足球鞋跑过的水泥地泛起一层灰，那些灰尘在秦格格模糊不清的视线里渐行渐远。

过了两天，秦格格把零零碎碎的一把票子交到张天浩手里。

"去绿茵阁吃东西吧！我请。"张天浩信守承诺。

随后赶来的徐征后面跟随着一个娇小女生："这是阿细，这是秦格格。"张天浩的介绍缺乏修饰语，容易让人浮想联翩。

那顿饭吃得很快，回来的路上，徐征告诉秦格格，阿细就是张天浩的女朋友，英语系高才生，张天浩拼命赚取外快，是因为同时还要负担阿细的学费。他们的两小无猜，他们的青梅竹马，徐征讲起来口若悬河。

2007年秋天以后的每个寒暑假，秦格格都一个人看那些微凉的落叶黄，在丽江不知名的酒吧里喝醉。这时候的张天浩和阿细已经结伴回家，秦格格挂断了徐征打来的很多电话。

爱情它长什么模样

大三开学，秦格格突然成了害怕孤单的小孩子，渐渐失去笑容，她终于与徐征以情侣的身份吃饭，牵手去图书馆，止步于拥抱。他的手心温暖，白衬衫被风吹鼓时有太阳和肥皂水的味道。张天浩跑来对徐征说恭喜，从此很少再去女生楼下叫秦格格的名字。

就这样，四年的大学生活呼啸而过。张天浩选择回家乡，秦格格和徐征继续留在云大读研。

此后，便甚少联系，偶尔问候的短信也只是祝你们健康幸福。你们，而不是你。徐征带来张天浩的最后一个消息，是他和阿细订了婚。他们分在一所普通的中学里任教，此后，徐征不再提起张天浩的名字。

河两岸的时光，时光里的碎片

徐征开始规划未来，牵着秦格格的手出入珠宝行："我们买昆明湖畔的房子，好不好？留个院子种你喜欢的七里香……"秦格格眼神迷离，答得心不在焉。

闲下来的秦格格听听音乐看看天，晃到学校的论坛里看到有人匿名写故事：男孩很小就成了孤儿，由女孩的父母抚养，视如己出，二老在一场车祸时双双遇难，遗言是把女孩托付给他，要他好生照顾。可是女孩夜夜醒来，听到男生叫出另一个女子的名字：秦格格！

两天之后，秦格格在徐征的衣柜底层翻出本日记本，扉页赫然写着"张天浩"三个字。

2007年：格格，爱情如此奢侈。你肯定也能看出，我贫穷到心力交瘁，所有的勇气和能力都用在了赚钱这样的俗事上，时时想着如何让亲如妹妹的阿细过上光鲜的生活，她的父母对我恩重如山。格格，我只能做个聪明的穷人，所以我绝口不提爱你。

2008年：当很多女孩在思考做家教还是做计时工更为划算时，你已经带着足够花的钱四处游走。格格，从挣钱为生计到带钱看风景的转变，需要比我青春还要长的段落与时间。我怕你等到时红颜已老去。

2009年：站在阳台上看你沉默地奔跑，星星仿佛触手可及。可是格格，我却不能做你的守护者。

秦格格狂奔至一排七里香树下，呼吸困难，泪花四溅。

而秦格格深藏于心的小秘密呢，他知道吗？

> 每一次的错过，
> 都是心口的一枚朱砂痣，刻骨铭心

秦格格每天竖着面小镜子在课桌前专心地修剪额前刘海儿，镜子里映出后排高个子张天浩棱角分明的脸。秦格格下了课乐此不疲跑去徐征的宿舍，抱怨道："受不了我妈，老是让我来找你，总不相信我会照顾自己。"通常二十分钟后，张天浩会准点出现。

错不在徐征。张天浩一直认为他人卑爱轻，力不从心。而秦格格，她有二十岁女孩空前强大的自尊心，就这样，流离失所。一转身，便满盘皆错。

时间缩成了一粒质地不明的琥珀，像眼泪。所有关于爱的神灵都退场休息了。只有七里香，隔着很远的时间、空间穿梭，清香如影随形。张天浩与秦格格，他们在七里香开得锦绣的时候，从它的底下走过，没有停下来。

每一次的错过，
都是心口的一枚朱砂痣，刻骨铭心

错爱

文 / 陈明

恋人和哥们儿

王小懒夸我"帅"的时候，我正在请她和万丽吃冰激凌。

万丽是校花，从大一开始，就有很多男生在追万丽，只是还没有人成功。我很自信。通过观察，我采取了另一个方式，先讨好她的闺密王小懒。

所以，王小懒说："刘川，在所有傻男人里面，你是最聪明的。"

我笑得合不拢嘴，问王小懒："这么说，你是愿意帮我咯？"

"那……要看你表现如何了。"王小懒伸着懒腰。

于是我在一个月里主攻王小懒，请她吃饭。月末的一天，她突然说，万丽和她想看电影了，我急忙订好电影票。看电影的时候，王小懒坐中间，我和万丽坐两边。我看着电影，第一次觉得王小懒碍手碍脚的，我都没法跟万丽说句话。王小懒很坦然，晚上，她发短信给我：刘川，表现不错，我决定助你一臂之力。我看完短信，兴奋得一整晚没睡着。

王小懒是个言而有信的人。她向我准确报告万丽的行踪，她会在恰当时机借口离开。

在聊天中，我发现万丽喜欢打篮球的男生。我当即决定把丢了很多年的篮球捡起来。我需要一个陪练，王小懒正合适。她是体育特长生，很会打篮球，如我所料，她没有拒绝，很哥们儿地表示全力支持，当晚就要开始特训。

就这样，我和万丽走得越来越近，后来，我和万丽顺利地成为恋人。我挺感谢王小懒的，她说帮我就做到了。

我成穷光蛋

相爱容易相处难。我和万丽甜蜜相处的时光并不长，我们开始吵架、生气。我知道，所有的情侣都会遇到这样那样的问题。但是，让我觉得很不舒服的是，我总觉得爱情是不能和物质挂钩的，万丽却坚定地认为没有物质，爱情形同虚设。

万丽喜欢买东西。但是，我时常觉得，万丽在摆阔。有一次，我气急了，就拿王小懒跟她比，让她学学王小懒的朴素。万丽却是一脸不屑，她的话很刺耳："王小懒穿得再漂亮也还是丑小鸭，她算有自知之明，知道自己穿啥都不好看，索性穿朴素点儿。"我忽然觉得，万丽跟自己想得太不一样了，我心里很不舒服。

我们不欢而散。回到宿舍，我不由自主地给王小懒发短信，诉说我的不满。王小懒回得很快，她帮万丽说了不少好话，让我多理解万丽的小姐脾气。

我和万丽吵得越来越多，冷战时间越来越长。大三下半年，老爸生意不顺利，我的零用钱被缩减到最低，我根本不能再帮万丽买那些东西了。我们终于大吵了一架,万丽狠狠地说我是个穷光蛋,还装有钱子弟。我们两个不再联系。

几周后,王小懒来找我,看到垂头丧气的我,她说:"刘川,去打球吧,我陪你。"王小懒费尽力气把我拉到了球场上。我使的力气太过,很快就把自己累倒了。我躺倒在球场边上,王小懒喝着水,忽然对我说:"万丽,好像有新男友了。"我没吭声,我看着天空,努力不让眼泪流出来。

我生万丽的气,更生自己的气,失去万丽,让我极度消沉。我开始旷课,耗在网吧和游戏厅里度日。有一天深夜,我喝了很多酒。吐过后,有些晕,我无力地靠着电线杆。王小懒突然出现在我面前。

后来,王小懒打车把我送到了医院,因为酒精中毒,我昏昏沉沉地一直睡到第二天,醒来的时候,我看到趴在床边的王小懒。望着王小懒,我忽然很想哭。

我轻轻地摸了摸王小懒的头,把她惊醒了,她慌乱地问我是不是很难受。我哽咽地说:"王小懒,谢谢你,谢谢你。"

后来,王小懒成了我的女朋友。起初,她很不愿意,她觉得我是因为失恋内心空虚、耐不住寂寞,找她当女朋友是为了转移注意力。我坚持对王小懒说,和她在一起是因为喜欢她。其实我心里到底怎么想的,我自己也不知道。最后,王小懒答应了。

和万丽在一起的时候,是我宠着万丽,而和王小懒在一起的时候,则是她宠着我。大家都说:"刘川,你好福气,有一个那么爱你的王小懒。"可是偶尔看到万丽,回想起过去,我为万丽买这买那,她那张笑脸让我很开心。

看到王小懒的笑,我挖苦她:"你笑得傻呆呆的。"王小懒一点儿都不在乎,笑着说:"刘川,只要你开心就好。"有一次,我突然大声对她说:"你能不能有点儿个性,有点儿骨气!"后来想想,我发脾气是因为那天上午我看见万丽了,她对着新男友笑得真是开心。

但是,我又不知道怎样面对王小懒了。王小懒发来很多短信,我都不搭理。有一天,看着王小懒发来的一连串求和短信,我火大地说自己是帅哥,她是丑女,我就是再找不到女朋友,也不会看上她。短信发出去的瞬间,我就后悔了。我有种莫名的优越感,我相信王小懒会先来找我的,所以坚持着不道歉,不联系。没想到,就此,我们真的就断了联系。

大四下半学期,我想道歉,但是一直没有行动。老爸一直低谷的生意又缓了过来,他遇到了一个愿意帮忙的人。毕业后的几天,老爸坚持让我参加一个饭局,说是要感谢生意场上的贵人。我赶到饭馆的时候,意外地看到了王小懒。她很平静地跟我打招呼。

原来,帮了老爸的贵人就是王小懒的父亲。这顿饭,我无法下咽。我实在没有勇气去求证,王小懒是不是促成这次帮助的人。在席间,我得知王小懒已经办好了留学的手续,明天就要出发了。

也许,没有这场饭局,在我想通的时候,可以追回王小懒。但是,我知道,今天之后,这份爱情已经彻底离我而去。

谁都知道，
我不爱你

文 / 梅吉

喜欢一个人的感觉像中枪，快准狠。

课间的时候，坐在我旁边的吴宇安用大拇指和食指掰着自己的眼睑，努力地想要往里面滴眼药水，可他总对不准位置。

看不过去的我，一把从他手里夺过眼药水，可还没等我掰开他的眼睛，一教室的人的目光都探寻过来，这其中包括陶嘉吃惊的眼神，我的心微微地哆嗦了一下。

就是从那个时候起，我决定追吴宇安。

可我为什么要追他呢？那是因为我喜欢的人是陶嘉。其实我只是想要看看他对这件事有没有那么一点儿的吃醋和嫉妒。

跟陶嘉做了三年的朋友，看着他谈恋爱、散伙、谈恋爱，反复折腾着，却从来没有告诉他，我喜欢他。我怕我们连朋友也没的做。

跟陶嘉是不打不相识。刚入校后不久的一堂新闻史课上，我看着陶嘉竟然色胆包天地把手伸到一个女生的背上。

隔着好几个人的位置,我把一本书准确无误地砸到他头上。后来才知道,我冤枉他了,因为一只长相怪异的蜘蛛正准备爬到那女生的脖子里。陶嘉一巴掌拍下去,一定会"血淋淋"地弄脏了女生的衣服,遂决定把它逮住,这才在女生的背上"游离"了一下。

鉴于有好几位目击证人,我只得答应给他洗一个学期的臭袜子以示赔罪。

这个代价有点儿大,可我心甘情愿。因为陶嘉拦住我,对我横眉立目地控诉时,我的心竟然扑腾扑腾地狂跳起来。

后来,又有很多巧合,比如我在心里哼着一首歌的时候,突然会听到擦肩而过的陶嘉也哼着同样的歌;比如我去图书馆借书的时候,会看到我刚拿的书是陶嘉才还回来的……

我想这就是缘分吧!原来喜欢的感觉就像中枪,突然被射中了心脏,毫无预兆。可是陶嘉除了会一个星期提一兜臭袜子给我,却没有任何表示。

接着我便得知,他在追别人。

所有的试探都是徒劳

吴宇安的生日,我让陶嘉陪我去选礼物。

他足足盯了我三秒钟,然后问我:"怎么突然对吴宇安起了心思?"我说,其实我一直都喜欢他,喜欢三年了,眼瞅着要毕业再不行动那就只能相忘于江湖了。

我看着陶嘉的眼睛,想从他的目光里探出个究竟。可他突然一把将我揽进怀里,他说:"薛可可同学,你都忍了三年了,真不容易呀!"

随即他放开了我。而我内心却奏出乱七八糟的音符来。

我给吴宇安选了一双鞋,阿迪达斯的球鞋,四十二码。这双鞋是照着陶嘉的码数买的,一定不会适合吴宇安。如果他穿不了,我就可

> 每一次的错过,
> 都是心口的一枚朱砂痣,刻骨铭心

以顺水推舟地送给陶嘉,我知道他馋这双球鞋很久了,只是我怕就那样贸然地送过去,会让他起疑心。

瞧,我就是这么没出息的一个人,喜欢一个人也喜欢得小心翼翼。

为了给我制造机会,陶嘉在他们寝室聚会的时候喊上了我,把我往吴宇安身边一推,仿若给了我多大一个便宜。

散场的时候,吴宇安立在我面前,他说"谢谢"的时候,我才注意到他穿着那双阿迪达斯的球鞋。我沉默了一下,就像在水里憋气游泳,有些难受。

我决定放弃这个"追求"计划,它既无营养又可笑至极。

为了躲避陶嘉继续给我"制造机会",我跑到图书馆去当了管理员。但吴宇安却找到了我,他抱着书在一个书柜与另一个书柜之间徘徊,然后安安静静地等着我,直到我不得不锁上门。

回去的路上,下起了蒙蒙细雨,吴宇安撑起伞的时候,我看到跑得慌里慌张的陶嘉。他浑身都淋湿了,可手里却拎着一把伞,看到我们他有些意外,然后笑着对我们说,他要去接女朋友下晚自习,不多说了。

我想问问,他什么时候又找了个女朋友。可话还没出口,他已经跑得老远。

我站在凄风冷雨里,有着万箭穿心的感觉。

原来真的只有友情

一大群人出去唱歌,吴宇安坐在我旁边,陶嘉在旁边的旁边。陶嘉又吵又闹地玩着骰子,手搭在旁边女生的肩膀上,我真想走上去一把拽下来。

吴宇安在跟我说话,我没听清楚,胡乱地点点头,然后他就把话筒递了过来，是一首对唱的情歌。

我用眼角余光扫了陶嘉一眼，他依然玩得兴致勃勃，毫无感觉。

我大口大口地喝啤酒，微醺的时候我跑到外面去透气，没想到被一个更醉的男人纠缠住。我闪躲的时候，看到陶嘉从练歌房里走了出来，我求救地望着他，可从他身后冲上来一拳朝男人打过去的人，竟然是吴宇安。

吴宇安把我拉到面前的时候，我突然间蹲下去哭了，我觉得特别委屈，其实我的心里一直觉得陶嘉对我或多或少是有感情的。可是我们之间却清白得像一张纸。

在我的号啕大哭里，吴宇安抱住了我。他说："以后我不会让你哭了，做我女朋友吧。"

我像石化了一样呆在原地，好半天没回过神来。我只是想用追求吴宇安这件事刺激陶嘉，可我没有想到吴宇安会真的喜欢上我。

我……我能说什么？我只能充满愧疚地向他坦白我的初衷，以取得他的原谅。

但吴宇安说："既然这样，我帮你试试他。"

没过几天，我就听说陶嘉跟吴宇安在寝室里打了一架。因为吴宇安跟别的女生去电影院约会的时候被陶嘉撞上了，陶嘉觉得他劈腿，所以替我出了头。

我的心又开始春暖花开了，这就是吴宇安的试探吧？我去找陶嘉，我说："你干吗打他呀？"他脸色铁青地白了我一眼，他说："你知不知道，跟他约会的女生是我正在追的人。"

我瞬间滚落人生的谷底，滚得灰头土脸，泪流满面。

圆满是风轻云淡的结束

转眼大学就要毕业了。我跟陶嘉还是不温不火地厮混在一起，上课的时候互相帮忙占个位置,去食堂吃饭的时候自然坐在一起,或者一起抱着简历去各个公司面试。

陶嘉把出国手续全办好了才告诉我,离散的场面惨不忍睹,大家都在哭,而我却连眼泪也掉不出来。我只觉得我的心上插着一把刀,上面写的都是陶嘉的名字。

班里有个女生跑到我面前说:"知道吗?陶嘉一直喜欢你。他来追我不过是为了刺激刺激你,可你一点儿反应都没有,他很伤心。"

这番话太具有杀伤力,我的眼泪一下就涌了出来。

我们懦弱又患得患失,也正因为我们总是在迂回地试探,才让我们的感情南辕北辙越走越远。

其实那天陶嘉到图书馆来,不是经过,而是特意来接我的。只是他看见了吴宇安,所以才仓促地撒了个谎。那次我被醉酒的男人纠缠,他想要出手的,只是吴宇安抢了先。

可是,我还能说什么呢?我们散场了。他已经办好了出国的所有手续,而我也决定回家乡小城工作,我们只能在茫茫人海里各奔东西,连表白都未曾出口。

送陶嘉上飞机的时候,他笑着挥了挥手,说珍重。

我想,就这样吧。一段故事的结局不是非要在一起,而像这样,风轻云淡地过去,也是一种圆满吧。

每一次的错过，
都是心口的一枚朱砂痣，刻骨铭心

当我一无所有时，你还爱我吗

文 / 当代剩女

一

2008年6月的校园，我张开双臂拦住周西昂的去路，彼时他正和一堆狐朋狗友闲晃，回头见我，英俊的脸笑得变形："哟，谁把我们大名鼎鼎的才女付梓叙弄成落汤鸡啦？"

我现在的样子的确够雷人：衣服全湿，裤脚往下滴水，几撮头发服帖地搭在眉尖。

他揉掉眼角笑出的泪："想引我注意的女生不少，你算下足本钱了。"我忍无可忍破口大骂："你以为找人拿水泼我，我就会像那些人一样忍气吞声啊？小混混儿！"说完从背后抓出一早准备好的水桶扣到他头上。

我撒腿朝校门跑，后头跟来他急速的脚步和叫骂。两个人就像疯子一样奔跑在16岁风涌蝉鸣的盛夏。

绕过下一个巷口就到家了。

在门口,我撞上了付国强。

付国强醉醺醺地把我提起:"怎么不在学校?"我瑟瑟发抖,想说是他把我"追杀"回来的,一看,周西昂竟然消失了!

付国强,我的父亲,把我小小的身躯摁在墙上,从腰上扯出皮带,一下一下狠抽,骂着:"叫你逃学!将来最好和你妈一样滚出这个家!"

我尖厉地叫喊,却听见邻里人家门窗关紧的声音……

我环抱着自己蜷缩在墙角。低着头,一双耐克跑鞋出现在视线里。鞋主人蹲下来用纸巾擦去我的泪水、血痕,我几乎不敢相信,眼前是先前"追杀"我的周西昂。

我哗哗地往下掉眼泪……

二

等太阳晒干我们两个落汤鸡,周西昂带着我逃课去"红房子"吃西式牛排。

我说:"是你先叫我们班几个女生向我泼水的!"

他伸出三根手指做对天发誓状:"我周西昂敢做敢当,绝不对女生动手,泼你的人不过是拿我当借口。"莫非我错泼了"好人"?的确,我成绩优秀,相貌平凡,性格内向,不擅长与人交往,在班里看不惯我的人一抓一大把。

我带着歉意问他:"你经常来这里吃东西啊?'红房子'不是一般学生消费得起的。"他扬起嘴角笑得很甜:"我妈经常带我来这里,她总喜欢把牛排切成一小块一小块送到我嘴里。"

结账时,我很不矜持地打包带走剩下的牛排,周西昂拿钱付账。服务生递来意见簿请他填写,他不耐烦地抛给我处理。

意见簿上写着好听的名字:红房纪事。我只写了一句:希望付国强少喝点儿酒。

回到家,付国强喝得烂醉如泥。我吃力地把他搬上床,用温水擦他的额头。凝视着他的面容,我的心里冒出不知名的感觉。是恨吧,若不是他脾气暴虐,动不动就打我,把工作中受的气撒在妈妈身上,妈妈也不会不堪暴力而离家出走。我本也能跟其他女孩一样,穿着清凉的白纱裙,在夏日下笑得幸福。

我这么恨他,却还是把从"红房子"打包来的牛排热好,放在他面前。

三

第二天,班主任把我叫进办公室。

班主任的目光寒冷:"有同学跟我说昨天看见你和周西昂在一起。"我的脸唰地红了。"付梓叙,我知道你一定是被胁迫的,对不对?那个周西昂啊,仗着老爸是公安局局长,就成了个小霸王!成绩不好又爱为非作歹,离他远点儿,知道吗?他就喜欢捉弄你们优等生。"我咬着嘴唇,本想为周西昂辩解点儿什么,无奈班主任的目光热切。我心虚地说了声"知道了",就转身离开。一出办公室门,竟遇见周西昂!

周西昂一声冷哼:"是啊,不要紧,反正我'成绩不好爱为非作歹',以后你要记得离我远点儿。"他背过脸迈出离开的步子。

虚伪、伤心和委屈一下淹没我,我对着他的背影咆哮:"你这种在阳光下长大的人懂什么?你知不知道我必须要保住奖学金的苦衷,知不知道如果我被保送到大学我爸能省多少钱?谁不想像你活得自由潇洒,可除了学习成绩,我没有任何出路!"想到残破的家、酗酒又暴力的爸爸、不知去向的妈妈,我泪如雨下。

我呜咽着。一双纤瘦而有力的手伸过来揽住我。他的声音绵软:

"哭起来难看死了。对不起。"他忽然拉起我朝体育馆的方向跑。

当我被拖进体育馆时,那里还多了几张熟面孔——竟是那天拿水泼我的女生!正瑟瑟发抖惊恐地看着我们。

周西昂指了指她们对我说:"看着办吧!"我说:"同是女生,即使你们看不惯我,也没必要把不喜欢的人赶尽杀绝。这世上,每个人都有自己的苦衷。"说完我示意把她们放回去。周西昂不可置信地看着我。我说:"生活不阳光的人本身就像个异类,我不怪她们,因为我也不喜欢这样的自己。"

他伸手把我拉到他身边,对着我通红的脸说:"我喜欢这样的你。"窗外的光越过周西昂的发梢,把我温暖地包裹起来。那一刻我有一种错觉,发光的是他而不是太阳。

四

像所有校园小说情节,我和周西昂自然而然地在一起了。学校里我依然要遵守老师"离周西昂远点儿"的告诫,校外才比较大方地和他走在一起。

周西昂把我再次带到"红房子"。他叫了一桌的甜品,谈着心爱的NBA(美国男子职业篮球联赛)、科比·布莱恩特、魔兽世界……

我对着他美好如玉的脸发呆,明明是个毫不掩饰、心地单纯、直来直去的男孩子,为什么总被人说成为非作歹的小混混儿呢?他们眼中的小霸王周西昂,却是我付梓叙孤寂天空中耀眼的太阳。

突然一阵悦耳的铃声响起,他掏出紫灰色的诺基亚N75手机出去。我小口小口地吃着蛋糕,还在想等下该怎么打包回去给付国强。二十分钟后,从外面回来的周西昂像变了个人,尽管他极力掩饰,却藏不住眼里的疲惫。

"出什么事了吗?"

"没事。只是付梓叙,如果某天……没什么。"

周西昂想要说什么,最后却只是不自然地笑笑,安静地接过招待员递来的"红房纪事",只是他这次并没有叫我写。

周西昂送我回家,我们一路无言,走到家门口时,他欲言又止,终究在响起付国强的咳嗽声时,他伸手捏捏我的脸:"要好好照顾自己。"

付国强黑着脸开门:"怎么比平常回家时间晚了一个小时?"

我把点心塞给他,心神不宁地回到房间,脑袋里全是刚才周西昂的落寞背影。

五

来学校的时候班上已喧闹得不可开交。

"隔壁班那个小霸王周西昂转学了!"我的身体瞬间僵硬,几个尖厉的女声又响起:"他那个局长爸爸收受贿赂的事被查出来了,还一连引出了几桩贪污案,不仅要坐牢,连他们家财产都被没收了呢!现在只能和他妈去投奔亲戚,他再也不是什么小霸王,再也不能嚣张喽……"

我跌跌撞撞地跑到隔壁班,周西昂的位子是空的!狂打他手机,也是关机。

我失魂落魄地蹲在角落里,哭得撕心裂肺。

六

就在周西昂消失的第三十天,我又一次来到"红房子"。我花了一星期早餐钱,点了一杯夏威夷果汁,从服务员那里要来"红房纪事",手颤抖着一页一页往后翻,突然,熟悉的字体映入视野:

梓叙,真的很想问你,如果某天,我一无所有,你还愿不愿意在我身边。可是,我不能说这么自私的话对不对?因为,周西昂已经什么都没有了。

  我闭上眼睛,少年美好芬芳的脸忽现,青春仿佛在瞬间全部枯萎。

  时间一下跃到了2009年,我仍在寻找周西昂,我们一定能重逢,一定。

  如果你懂我的故事,如果你遇到脸上有水果芬芳的少年,如果你见过我的太阳,请一定要替我告诉他,付梓叙一直在"红房子"前,静候他的归来。

  我相信你也知道,真正喜欢一个人,是喜欢他的全部,不管他变成什么样,不是吗?

每一次的错过，都是心口的一枚朱砂痣，刻骨铭心

慢递

文 / 罗俭

1. 像只风尘仆仆的小鸟

2009年12月24日，红豆慢递邮局的工作人员像往常一样，从标记"1"的邮箱里，掏出所有的信件，他们将把这些在一年前就写好的信，邮寄给收信人。

他们小心分拣着信件，这时，忽然有人惊呼："啊，这儿有一封给夏宇的信！"

夏宇闻声赶来，他太熟悉那些字迹，一时间怔住了。

他仿佛看到那个有着褐色瞳孔的女孩站在月光下，一筹莫展。小镇的夏夜凉风习习，女孩背着一个硕大的背包，像只小鸟风尘仆仆地停落在夏宇的面前。

女孩卸下背包，交了五十元话费，但过去半个小时后，她的电话仍然欠费。于是，她着急地跑去质问夏宇。

夏宇解释了半天是因为网络不好，至于什么时候能开通，他也不清楚。女孩急了:"那你把钱退给我!"

这场争辩的结果是,夏宇退钱,女孩昂首走出了话吧,临走时,夏宇好心地说:"你稍晚一些来,应该就可以了。"

女孩想,鬼才要和你做生意,她决定再找另一家交话费。但转悠了一大圈,她不得不灰溜溜地回来,这一回她说:"什么时候我能打电话,就什么时候给你钱。"

三分钟后,女孩拨通了家人的电话,他听到女孩说要在这儿住两个月,不知为何,心情竟然像河面上漂浮的灯火,明明灭灭,随晚风漂向了远方。

他从电脑屏幕上,记住了女孩的名字:沈木尔。

2. 痘痘长在吻过之后

沈木尔就在夏宇家隔壁住了下来。

清晨,风从桥下吹过,沈木尔要了一碗绿豆汤,两块麦芽馅饼。一抬头她就看到了夏宇,那个笑起来眼睛成了月牙儿的男孩,正趴在柜台上打瞌睡。

天气实在太热,河边的蚊子一起围攻她,她不得不逃到夏宇的话吧里:"你叫什么名字啊?"

"夏宇。"少年睡意全无。

"那我送你一首诗吧,4月4日天气晴,一颗痘痘在鼻子上,吻过后长的,我照顾它……"

很久以后,夏宇才知道,那是台湾诗人夏宇的《疲于抒情后的抒情方式》。那时,他竟忍不住摸了摸自己的鼻梁,痘痘长在吻过之后,多么有趣又甜蜜的痘痘啊。沈木尔爽朗地笑了起来,她用铅笔画了一张夏宇的肖像,算是送给他的礼物。

夏宇踩着小三轮,载着沈木尔,穿梭于只有两个人宽的小巷。沈木尔一路用钥匙刮着墙壁,那些斑驳古老的青砖上,留下一道道浅白的线,她说:"等你上大学了,我就离开这里,去更远的地方。"

这幅画面在后来的日子里总是被他反复想起,夏宇有过那么一瞬间的幻想,甜蜜和忧伤,如同吻过之后长出的痘痘。

他们当然没有接吻,他们相遇的那年,是各自还不懂爱情的时光。

3. 原来爱一个人是如此疯狂

夏宇离开了小镇,去了繁华的都市。出发前,沈木尔还一直在话吧逗小狗,夕阳落下,她忽然跑回去收拾行李,还是像来时那样,硕大的背包压在她瘦削的肩膀上,她说:"我也走了。"

去哪儿?不知道。他笃信他还会和她见面,于是分别的时候,也就没那么难过。对夏宇来说,那也是小小的分别,他们之间,还有那么多联系方式,电话、写信、网络……只要你想,就可以知道她在什么地方。

因为这样的承诺,两个人各自踏上了新的旅程。夏宇时常收到沈木尔的明信片,它们从那些小邮筒里出发,缓慢如蜗牛,一两个月之后,才到达他的手中。但仍觉得快乐,虽然总是慢了一拍。喜欢他的女孩们不免有些忌妒,他收到了谁的信,那雀跃的神情是骗不了人的。

后来,有人开始主动追求他。夏宇笑得很憨厚,他不知道如何回绝。那个叫杜杜的女孩,已经等在楼下很多天,她比沈木尔略高,她甚至更漂亮一些。

某个傍晚,杜杜找到了他,开门见山地问:"我哪里不好?还是因为你有女朋友?"

夏宇沉默。她见夏宇不说话,干脆握住了他的手:"你如果不讨厌我,就再想想,我会一直等你的答案。"

到了隆冬，南方潮湿的天气让人的心情也变得压抑。夏宇在视频里，看到了沈木尔和她的外国男友，她大方地和男友亲吻。也许是视频忘了关，又或者故意让他看到。

躲在网吧角落的夏宇，悄悄地把视频关了。他走出网吧，迎面而来的寒气，使他打了一个冷战。他慢慢走回宿舍，躲进被子里。这时，杜杜打来电话，他不接，反而拔掉了电话线。

再迟钝的人，在此刻也能感受到什么是爱了。你想要得到她的吻，看到她和别人在一起时，你会觉得从天堂坠入地狱。

但明白这些，似乎又已经晚了。

第二天，杜杜站在晨雾里，头上冒着寒气，手里捧着早餐。夏宇一把将她拉到了怀里。

人在失意的时候，会不由自主地投靠那些对自己好的人。

4. 写给十年后的自己

很快，夏宇大学毕业，果然不负众望，他又以第一名的成绩读研。

杜杜比他灵活，毕业后不找工作，干脆开了一家创意店。某一天，她从夏宇的床底下搜出一箱子信来，她一张张打开，那些花花绿绿的信和明信片，像一个个尘封的故事。她本想找出一点儿蛛丝马迹，但还是失望了。没有半点儿肉麻的话，只有短短的问候：我在××，你好吗？

那些总是晚到的信件，给了杜杜一个启发。她开了一家红豆慢递邮局，倡导大家把忙碌快速的生活放慢下来。

客人只需预定一个发送信件的时间，甚至可以写给十年后的自己。

每当想到要写给十年后的自己，夏宇都会觉得无从说起，他真是

每一次的错过，
都是心口的一枚朱砂痣，刻骨铭心

一个实在的人，只想好好地活在当下。如果一定要他写点儿什么，他可能会问自己一句："十年以后，你会后悔现在的决定吗？"

他决定和杜杜结婚，在红豆慢递商店开业一年之后。婚礼很浪漫，他们都喝高了。

2009年年尾，他终于再次收到了沈木尔的信，却一直被封存在慢递邮局的邮箱里。信上工整地写道：

今天我发现这里居然有一家慢递邮局，我想和你分享在路上遇见的一切趣事，从遇见你的那一刻起。有时候，我真想回到小镇，回到最初出发的地方，我想你总有一天，会叫我回来。我渐渐感到疲倦，但爱情似乎总离我一丈之远，我想你会明白，我那懦弱的胆小的不确定的爱意，是多么可耻……

夏宇的眼睛忽然湿润了，他没有注意到，妻子杜杜正站在门口注视着他，一言不发，时光停止。

有一些事情，只能被隐匿起来，那是杜杜心里永远茁壮而羞愧的秘密。一年前，沈木尔来到这家店，杜杜一眼便认出她，她比照片上的样子成熟了一些。沈木尔写完信，付了一个月的钱，如果不出意外，一个月之后信件将会被寄出。但杜杜却将信放进了一年时效的邮箱里。

也许，每个人在爱情面前，都会选择自私。如果不这样，又怎么能说明你的爱呢？夏宇永远都不可能知道，但对于迟钝的他来说，这未尝不是一件好事。

现在的他，也许有些哀伤，但他很快就会随着时光妥协。

每一次的错过,
都是心口的一枚朱砂痣,刻骨铭心

小满时节
梅花开不开

文 / 连十一

换你的眼泪

是贪吃蛋糕又肥了两斤,自行车在抗议吗?经过"许愿树"咖啡馆,我再也骑不动了,下车捏捏后轮胎,昨晚打足的气,已经只剩一小半。

然后我看到你站在马路边。准确地说,我先看到你那辆山地车,心跳眼热。几千元的车哪!迟淳,装酷是你的别名。

"嗨。"

你不理我。

五月初夏天气,梧桐枝繁叶茂,风吹过去,头顶响起沙沙声。我推车走过去,被你哭泣的模样吓呆了。

我们沉默地在树荫下站了五六分钟,又一块儿推车走到下一个十字路口。说完"拜拜"又挥挥手,我看着你跨上山地车在阳光耀眼的大马路上疾行,薄薄的绿夹克被风吹得鼓鼓的,像张满的帆。而我,回味着你告诉我的每一句话,慢吞吞推着自行车往家走。

你擦擦眼睛说没事,只是突然很想跟你一起玩到大的小表姐。

你的小表姐因车祸去世了。你说得像假的,但你的眼泪是真的。

知道我那时的感觉吗?迟淳,我竟然在妒忌。我愿意跟你表姐换,我愿意死,换你这突如其来的思念和眼泪。

一片柔软的梧桐树叶拂过我的脸颊,落在地上。绿色的落叶,跟你穿的夹克衫一个色系。

老毛病又犯了,我的心脏骤停一秒,推着自行车也会走个小s形的弧线。我深吸一口气,把你的影子从脑子里赶走。

想你时心脏骤停,看到你时心跳加速。

所以前一天听说你要去文科班,第二天我就找班主任重新填了选科表。你知道,我对物理化学没什么兴趣,但至少,分开以后,眼不见你心明净,也许我心律不齐的毛病能霍然痊愈。

简单的答案

"许愿树"很奇怪,打着咖啡馆的幌子,店里摆几张麻将桌,门口的冷柜中是各式各样的冷饮。去年冬天,我甚至在这里买过一只微波炉烤的红薯。

那个中午,我修好车吃过午饭去学校,"许愿树"又出了新花样。店门口支出小黑板,上面用粉笔写着"供应刨冰,菠萝、橘子口味,三元一杯"。

"咔",急刹车的声音。一阵风,一股清爽的汗味,一张笑脸。你一只脚支在马路街沿,一只脚仍旧搁在山地车脚踏板上。

"走!请你吃刨冰。"你下巴一扬,人已下车,走在我前面。金色的橘子酱在细碎的沙冰间晕染、着色,玉米粒大小的橘肉散布在冰上。

"味道不错,你说呢?"

我"嗯嗯啊啊"地应着。其实我想说,这是我吃过的最好吃的刨冰,可是话到嘴边,我却说:"迟淳,为什么这破店会取个咖啡馆的名儿?"

显然你也不知道,胡猜一通,然后转过身,把我的问题重复给站在冰柜后的老板娘。老板娘撇撇嘴:"很简单啊!开店时是想开咖啡馆来着,开着开着就变了,懒得特意去改名。"

我跟你互相看一眼,爆笑。

冰柜后的女人被我们笑糊涂了。是哦,一点儿也不好笑的笑话,可为什么我们笑抽了似的,你拍拍我的肩,我捶捶你的胳膊?

忽然空气变得像菠萝橘子刨冰一样清凉、甘洌了。忽然我们都不笑了,走到各自的自行车前。

"你看,让人想破脑袋的问题,其实有个超级简单的答案。"你像哲学家一样总结,然后意味深长地看了我一眼,"张韵之,我知道你为什么不去文科班,因为你喜欢我。"

说完你跨上山地车猛地飙出去,把我甩在后面。我居然被你气笑了,迟淳。你神经病啊!你不仅爱装酷,你还是个笨蛋!

我想过很多回,等到高考结束,我就不再避着你,我可以光明正大、心安理得地去你家,找你聊天,找你去游泳,约你看电影。喜欢谁就去追,女生追男生不丢脸,喜欢对方却不敢承认才羞耻。

放榜后我却没去找你。我去了趟香港,又跟团去了欧洲八国游。三年苦读,就是为了换一张上海名牌大学的录取通知书。爸妈很开心,轮流请假陪我痛玩两个月。迟淳,即便我不出去玩,我也不会去找你。

是的,那天吃过刨冰,我就改变了主意。既然你已知道我喜欢你,我干吗还要去追你?世界那么大,未来那么长,迟淳,说不定某年某月,你会爱上我,到那时,为什么不能你来追我?

但你一直没有。

那也没什么大不了,没有你,追我的男生也从大学城排到了市中心。好吧,你不信我也没有办法,你在电话里大笑,你说:"张韵之,难道你们学校全是恐龙?"

我对你好不耐烦啊,难道在你眼里,我真的那么缺乏魅力?让我再给你讲个故事:某位室友,人称范冰冰第二,追求者众。中文系的同乡校友约她看夕阳,被她断然拒绝。她说:"莫名其妙哦!去哪座山哪个海边看日出还差不多,为什么要去看夕阳?难道想跟我合唱《夕阳红》?"

"哈哈哈!"我在电话这头狂笑。

"嘿嘿嘿!"你在电话那边奸笑,"张韵之同学,你几时成了范冰冰第二?"

我恶狠狠地挂了电话。迟淳,算你狠,隔着七百多公里的距离,你也能听出这其实是我的故事。

像我一样喜欢你

你终于向我发出邀请,请我参加你的二十岁生日聚会。水瓶男,我想了好几天,决定送你一块玻璃镇纸。

我唯一为你做过的事,就是逃避。而逃避带给我的,就是这块玻璃。硅酸盐,玻璃,是我这四年来学习和研究的对象。从此以后,看到这块镇纸,你会不会想到我?

你不会。

因为你身边已有别的女孩,叶舫。

她从杭州赶来参加你的生日聚会,在一票难求的春运季。她看你的眼神,我只看一眼就知道,她很喜欢你,如同当初我很喜欢你一样。她在派对上像女主人般招呼我们这帮旧同学,而你,你默许了这一切。

当她把亲手编织的围巾围在你脖子上时，练歌房包房里响起掌声和哄笑声。我也在拍手也在大笑，然后我做了一件自己也想不到的事：我冲到你们面前，从你身上扯下围巾递给叶舫。

"送围巾会分手的，重新送一个礼物给他吧。"

叶舫拽着我的胳膊问："真的吗？姐姐，真的吗？那我听你的！"

我不过比她大几个月，她就叫我姐姐？而迟淳，你依然不懂珍惜，依然这么可恶，你居然弯下腰，凑在我耳边说："张韵之，其实我当她是我妹妹。"

我，爱过你

再与你相见，已失去意义。

但我还是会听人说起你。听说你一点儿也不喜欢自己的专业，听说你大一念完就退了学，去了德国。

没有那个女孩的消息。不过没有她总有别人，像你这样的男生，不会缺女生喜欢你。

除了一个冷冰冰的邮箱地址，以及那些逢年过节你群发来的祝福邮件，我们再没别的联系。

这样也好。我从没有告诉过任何人，我仍会莫名其妙地想起你，仍会在梦里见到你。梦醒后总有淡淡的凉意。我安慰自己，并非每段爱情都要有实打实的回忆，就像我和你，除了些情绪的碎片，几乎没有剧情。

但我不能否认，我，爱过你。

水瓶与天蝎

东昌路四号出口，我在乘电动扶梯上来的人群中看到一张熟面孔。她也死死地盯着我，擦肩而过时，我听到她叫我："张韵之！"那一瞬间，我也想起她的名字：叶舫。

上海那么大，我却在大街上邂逅从前的"情敌"。

"你知道迟淳的小表姐吗？"

三句话后就谈你，没办法，叶舫与我的唯一关联，就是你。但我实在没想到，她首先提的是这个问题。

"知道。迟淳说我相貌可亲，很像他的小表姐。"

"那时候，很长时间，我都怀疑他是胡说八道。"叶舫甩甩额前的刘海儿，"但这是真的。张韵之，知道吗？他喜欢的人是你。"

我不知道。

我不知道你会为了跟我在一起而念文科，因为你以为我铁定会做出同样的选择；我不知道你在叶舫面前天天谈论我，直到她对你的热情全部浇熄；我不知道你曾打算向我表白，但那时我已跟一个理科男打得火热；我更不知道，你为小表姐流的眼泪，其实是为我而流的——我竟然改了选科表，改读了理科！

你是骄傲的风相水瓶座，我是故作神秘的水相天蝎座。感情风生水起，却都不肯让对方看到彼此的真心。

张枣的诗

我又梦见你了。梦中的你还骑着那辆山地车，还是少年时的装酷模样。枕头有些潮，我也睡不着，起来上网，上微博，上脸谱网、谷歌、百度。

我查不到你的消息，所以我只能打开邮箱，翻出你的地址。也许，我可以给你写一封信。

"叮"的一声，有新邮件的提示。我揉过眼睛，掐过胳膊，还是不大相信。但这不是梦，我收到了你的信。

> 每一次的错过，
> 都是心口的一枚朱砂痣，刻骨铭心

　　望着窗外，只要想起一生中后悔的事，梅花便落满南山。落款是 5 月 21 日。

　　迟淳，你明知我们错过了梅的花期，但那有什么关系？

　　花开不尽，只要你想跟我一起。

> 每一次的错过,
> 都是心口的一枚朱砂痣,刻骨铭心

红豆饭团藏相思

文/苏丽珍

崇介是高二时我们班里的插班生,高瘦,喜欢穿纯白T恤,笑起来的样子有点儿懒洋洋的,很迷人。他的到来让全班女生的心里都有一丝悸动。尽管我也会在无人注意时偷偷注视他的身影,但相貌学习均平平的我,更多的是不敢奢望。

然而,一切在那个集体春游的下午有所转折。我与几个女同学在草地上围坐,刚打开饭盒准备野餐时,身后的崇介突然从一旁探出手抢走我饭盒里的一枚饭团。看着他在一众男生起哄的笑声里鼓着腮帮狼吞虎咽,然后用舌头舔走嘴角最后一颗米粒,心满意足地赞叹好吃,我在身边女同学惊奇又艳羡的目光里不好意思地低下头去。便当盒里是妈妈最常做的肉松饭团,但那天下午变成了与从前不一样的美味。

此后,那种汹涌而来无法抵挡的感情越来越厚重,将我淹没,使我无法呼吸,三个月后我决定表白。

我想用一个特别的方式表达我独一无二的心思,于是我假装不经意地向妈妈打探饭团的做法，趁着周末家中无人的时候便亲自上阵。我先把泡好的糯米入锅加水蒸熟，趁热拌入猪油和白糖，然后在饭团中间包上一小撮煮好的红豆，塞到饭团模具里压制成小小的心形，整齐地摆进透明保鲜盒里。

第二天，我把保鲜盒放在课桌里，一整天都忐忑不安。终于在晚自习下课时我豁出去般走到他面前。看见我递到面前的东西他先是一愣，而我趁他愣住的空当，一把把保鲜盒塞进他的怀里，逃也似的跑开了。

接下来的几日，任我心里翻江倒海，他那边却始终风平浪静。左右纠结踌躇几日后我决定干脆一不做二不休，放学时站在他回宿舍必经的梧桐树下装作偶遇，借机问他一句："饭团好吃吗？"

崇介恍然说："噢，你说上次的饭团啊，一拿回宿舍就被他们抢光了，我都没吃上。不过他们都说味道不错，谢谢你啊，苏苏同学。"崇介说完，若无其事地转身走进宿舍楼，只留给我一个背影，而我在梧桐树下呆立成一尊雕像。

一个星期后，班里传来崇介要转学的消息。果然，第二天他便来收拾东西，背起书包一路跟同学们道着别，经过我身边时，目光匆匆交错，没有任何特别。

紧接着，黑色高考季来临，我一头扎进题海，不允许自己再去胡思乱想。之后读大学、毕业、工作，时光如书一页页翻过，渺渺岁月里跟很多同学失去了联系，关于崇介，也只是听说他随父亲工作调动迁居香港，再无更多。

很久后的某一天，下班后从地铁站出来，城市夜色弥漫，我透过街边日料店的玻璃窗看到一排排萌态十足的各式饭团，便想起自己那年做过的红豆饭团，于是掉转身去超市买了食材，回到家里蒸米煮豆，一枚枚心形饭团躺在白瓷碟子里，样子仿似当年。拈起一枚咬下一口，味道甜糯可口，才发觉十年前那个笨傻的自己全身心只顾制作却忘了尝一口滋味。

再次见到崇介，是去年春节的同学聚会，他大老远地从香港飞来，同时也带来自己下个月结婚的消息。席间谈起年少往事，当年和他同宿舍的男生羡慕地说起崇介那时收到过不少暗恋他的女生送的礼物，舍友们也因此沾了光，但只有一样东西他抵死守护不许他人分享，那是一盒心形的饭团，到现在他们都猜不出是谁送的。

宴席散场，他走过来跟我说："其实那时你的心思我早就明白，只是当时家人已经决定一周后搬离，注定不会有结局的故事，我想还是不要让它开始，那会伤了你。"

我努力地想给崇介一个释然的微笑，但嘴角弯了一下，还是失败了。我们在停车场的入口处各分左右，我祝他返港一路顺风，他想了想后说了一句："红豆饭团的味道我会永远记得。"

每一次的错过，
都是心口的一枚朱砂痣，刻骨铭心

杜海棠
错过了
就已不再

文/梅吉

令人讨厌的杜海棠

大一结束的时候，老师让我去帮忙登记一下学分，我翻了翻杜海棠的成绩，她的每一门分数竟然都比我高，这怎么可能？

就她那副嘻嘻哈哈没心没肺的样子？我还真没见她什么时候专心过。上课的时候她总是坐最后一排，不是趴在那里打瞌睡就是翻着各种小说。我也从来没有在自习室里见过她，倒是见过她戴着套袖在学校的餐厅里勤工俭学。

于连说杜海棠家境一般，她是从小县城出来的女孩，难怪她浑身都散发着一股小家子气。

有一次，于连过生日邀请我们去聚餐，在大家吃喝完毕的时候，她还不忘向老板要过账单，仔细地核算一遍。为了证明老板多收了一份菜钱，她足足在餐馆里嚷嚷了二十分钟。

最后我实在听不下去了，干脆一把拽住她的手臂，往餐厅外拖。

我想过了，要是她骂人，我就从口袋里抽出一沓钱来羞辱她。但令人惊讶的是，杜海棠竟然顺从地跟着我走出来，一脸的害羞和安静。松开杜海棠的手的时候，我看到于连脸上悻悻的表情。

那个时候的他，还是没有勇气跟杜海棠表白。他说因为太熟了，反而不知道怎么说。

那天夜里，于连一直要求我们换个地方再喝酒。他一心求醉。很快，他就真的醉了。撒起酒疯的他，非要往马路上冲，我们几个拦都拦不住。

突然之间，我就明白了，于连想要讨马路，是因为他想要牵杜海棠的手。但杜海棠也喝醉了，她撒着酒疯向我怀里倒，于连一拳头就冲我砸了过来。

那天晚上整个场面很混乱，我跟于连狠狠地打了一架。从那以后很长一段时间里，我跟于连都互不理睬，我们刚刚建立起来的情谊就这样被杜海棠轻易地碾碎了。

勤劳能致富，但感情不行

我跟杜海棠是完全不同的人。从小我就被要求礼貌、克制、谦逊。我总是把自己的生活安排得井然有序，洗过的衬衫折叠得每一个边角都有统一的模式。

我的目标很明确，大一过英语四级；大二过英语专业八级；大三辅修心理学和工商管理；至于大四，我要考取美国斯坦福大学的研究生。我恪守着自己的行为准则，遵守着自己定下的目标，但没有想到，我引以为傲的优秀竟然会被那么瘦小那么傻乎乎的杜海棠给比下去，这真让我沮丧。我只能铆足了劲儿地学，除了睡觉吃饭，我几乎没有娱乐时间。

当然，一段时间后，于连就跟我和解了。

他说，那天晚上他发疯是以为杜海棠喜欢我，因为他曾经握过杜海棠的手，却被她"啪啪"给了两巴掌，而我握着她的手的时候，她却温顺得像个小媳妇。他拍着我的肩膀说："杜海棠解释过了，那是因为跟你不熟。"这句话就像一把小刀，在我的脑子里划开一道裂缝。

我的情绪忽然间变得很糟糕，我在想：我跟杜海棠熟吗？我们到底熟不熟？我知道她在图书馆里借的书都是关于张爱玲和岩井俊二的，那么杂乱无章的一个人，骨子里竟然是文艺青年。我知道她每一门考试的成绩，知道她最喜欢的颜色，知道她喜欢的零食，甚至知道她有几件衣服，每一件衣服的颜色。不，我不是变态，不是要窥探她的生活，我只是不经意地就记住了这些。

一直到大学快毕业，于连和她，仍然只是朋友关系，而我，也仅仅是于连的室友，杜海棠的同学。

大四那年，杜海棠要回家乡实习，那是北方的一座小县城，于连屁颠屁颠地跟了过去，室友们都说他是去见未来的岳父岳母了。于连笑得很羞涩，他说："勤劳还能致富呢，我都勤劳四年了，也该富一次了。"我跟着大伙儿一起笑了，我很想泼他冷水。我想说，勤劳能致富，但感情却不是你付出多少就会有所回报的。只是，直到于连跟着杜海棠上了火车，我还是一个字也没说。

小团圆没有团圆

他们走了以后，我收到了托福考试的成绩，竟考得很糟糕。其实在考场上，我用了大半的时间在纠结我到底要不要出国。那些很熟悉的题目慢慢地幻化成了杜海棠的脸，她吹口哨时吊儿郎当的样子，她喝醉酒时醉眼蒙眬的样子，她上课时娇憨发呆的样子，她吃土豆丝时满足幸福的样子……那么多的她，突然就阻住了我的呼吸。

刹那之间，我明白我为什么不想做这些题了。因为我想要偏离我人生既定的目标,想要待在杜海棠的身边。

我没有告诉于连,他去杜海棠家之前,杜海棠其实找过我。她穿着一件粉红色的运动衫,我确定那是我们在新生晚会上她穿的那件,她说要还我书。其实那根本就不是我的书,是一本张爱玲的《小团圆》。她在"团圆"两个字上重重地画了两笔,扉页上还有她娟秀的字:遇到他时,她便低到了尘埃里。

我的心扑腾扑腾地狂跳,我们面对面沉默了许久,但这个时候的沉默却是最喧嚣的。我不知道要说什么,"这样……那样……"混乱得没有一句完整的话说出口。

杜海棠在这样的沉默里露出艰涩的一笑,她说:"好吧。"我不知道她说"好吧"是什么意思,但这声"好吧"就表示她明白一切,了解一切。但她到底明白什么,了解什么呢?

我知道我没有权利主张杜海棠的感情,我只是在那一刻想到了于连,想到了四年来于连天下皆知的追求,而我,能做个横刀夺爱的小人吗?我从小被教育成一个有道德感和羞耻感的人,所以这该死的感觉让我在面对杜海棠的时候,竟然一个字也说不出来。

我承认,我是个懦夫。

毕业后,我留在国内,而杜海棠却去了美国,于连到底有没有跟着去,我就不清楚了。

我想起某场大雨里,我对一个陌生女孩说的话,我说:"杜海棠,在新生晚会上,第一次见到你时我就喜欢你了。"

那个女孩笑了,她说:"为什么不亲自告诉那个叫杜海棠的女孩子?"

我的眼泪一下涌出来。为什么不告诉杜海棠?因为,错过的已经错过。

每一次的错过,
都是心口的一枚朱砂痣,刻骨铭心

来不及
发生就算了

文/沈嘉柯

17岁春天,炒饭店

小谷上班的店主售炒饭,写了一百多种口味的小牌子密密麻麻挂满半面墙。小谷负责接听电话,记录外送单,每天固定重复同样的话:请问要什么口味的?送到几栋几号?饮料要红豆沙还是绿豆沙?

在几百次接听过一个订某种炒饭的声音后,小谷记住了"丁裴"这个名字。丁裴是那种打电玩打到旷课、废寝忘食的学生,这种男生在大学里一抓一大把,他们努力把青春献给了游戏。

人和名字对上号,是在丁裴出现在店内,拿出积分卡很骄傲地说"今天我都请了,吃饱了好通关"时。他积了一千分,可以兑换十份炒饭。那群男生斗志昂扬选了店里最大的桌子开始狼吞虎咽,浑然不觉自己的吃相有多难看。丁裴起身向柜台走去,拍着柜面急切地说:"喂喂,我用不惯勺子,我要叉子。"

急切的男孩看了一眼17岁的小谷，忽然很多余地微微一笑，转身回到伙伴身边。小谷觉得她的心中有一座缓慢砌出的城池，千砖万瓦，然后洪水到来，倾城崩溃。多么奇妙，一个人的微笑，竟是另外一个人心间的洪水。

小谷从此开始期待男孩常来。

17岁夏天，一把叉子

到了夏天末尾，城市改造规划出台，整条街要被拆除。这是真正的摧枯拉朽，巨大的机械所向披靡，所到之处，灰飞烟灭。覆巢之下无完卵，炒饭店也关张大吉，员工被遣散。

遣散前小谷做了一件微不足道的事，她偷了一把叉子。这把叉子极为普通，售价不过三五元，但她用心擦拭、洗净以后再用手帕包裹好，收起来。

没有人知道这把叉子在小谷心里的重要性。

20岁冬天，一个男孩

在17岁的末尾重返家乡小城、重返学校的小谷，默默用功。压抑阴郁的高中氛围，只有在每天吃饭的时间，才能得到短暂释放。

然后，在所有人错愕的眼神里小谷考上了百年名校。她没有给家长或同学一个惊喜或惊吓的想法，她觉得自己只是做了自己该做的。不过事后的总结就比较有趣了。"为什么她能考上名校？因为她懂得拼命，你们还记得吗？她总是吃饭很慢，挖一叉子吃一口饭，一边还看书，叉子还含在嘴巴里。"同学甲这样告诉同学乙。

24岁秋天，变迁

毕业后参加工作，小谷在公司霸占了最大的格子间，紧挨着巨大的窗户，从19楼的高度望出去，天空的光，云朵的影子，都有点儿触手可及的意思。

在江河湖海漂泊过，自然比同龄人多明白一些道理。22岁的小谷在大学毕业之前，就已经实习、兼职、打工、积累。所以在24岁的时候，她更早得到老板的赏识，获得想要的职位。

在这栋高耸入云的写字楼里，小谷继续认真学习，变得精致，像瓷器，像玉盘。她的银行卡里，存款已经达到了一个数字。这个数字，超过了当年她有过的念头：攒够钱，开一家炒饭店，就在原店原处。

但是，她并没有回去开店。

27岁春天，荷兰

每年生日，小谷都照惯例给自己买蛋糕。

那把不锈钢叉子她仍然带在身边。这些年很辛苦地保持身材，只在每年生日给自己买一块小蛋糕食用时，使用那把叉子。

也有男孩向她表达过疑问："是不是初恋送给你的？还有人送一把叉子给女生啊？"小谷回答："是。"那些要她丢掉叉子的男孩，小谷都跟他们说了再见。

17岁的坚定志向，她在27岁已不再坚持。但她终于找到了丁裴的信息。他的个人空间里，陈列着逐年的记录与照片。他读完大学，进了公司，又辞去工作，去攀岩。他说失事以为要死掉的时候，的确是放电影一般回忆了小半生，包括炒饭店那个可爱的小姑娘，她看见他最失态的哭脸。那一刻，他甚至觉得小姑娘看他的眼神，是喜欢他的。

一个人度过十年，需要十年时间。查阅一个人的十年，只需要十分钟。

不必再发生

回国，回到那座城市，那所大学附近。27岁的徐谷，在生日这天，给自己买了一份经典芝士蛋糕。

坐在店子里的靠窗位置，当她掏出自备的叉子，店员转过身，尽力忍住笑意。横跨十年，不锈钢叉子闪着冷硬的银白色光芒，质地不变，不被腐蚀，也不曾变形，但它的样子变得过时土气了。她多么想呈上自己的心，无论如何，请他试吃一口，就用这把叉子，他曾经用过的叉子，然而，他说人海茫茫，物是人非。他说得很对，完全没错。吞咽下最后一口咸甜混合的蛋糕，徐谷脸上满是眼泪。

当天，当时，她手抓着一把纸巾，却始终没能走到满脸是泪的男孩身边，递给他。

之后，男孩走出炒饭店。她仍然没追赶上去，喊住他。太年轻时，人容易高估自己，也容易低估命运。

徐谷走出了蛋糕店，她将叉子丢进路旁的垃圾箱。她向着马路走去，向着远处的的士扬起手。

29岁的丁裴走进蛋糕店，他习惯在这家店买全麦面包配牛奶。他的家就在这蛋糕店后面的一片小区里。他不是这座城市的人，但这一年，他把房子买在了母校对面。这里有他的青春与恋情，有他的最初与过去。他记得那双眼睛，但无法在这个世界上找到那个女孩，他打算，就住在这个地方，一直到老吧。没有来得及发生的事，就不必再发生了。

从此晚安我自己

CONGCI WAN'AN WO ZIJI

《从此晚安我自己》
何家豪 / 作品
定价：29.80元

{ 95后新锐作家**何家豪**
一部成人童话 }

惠小姐家里突然出现的男生，究竟是什么人？从张皇到温馨，从恐惧到体贴，这是她期待的爱情吗？

"告白的书"系列将陆续推出：
谢宁远《我不愿让你一个人走过青春的荒芜》
谢你欺骗，还个访人好撑持。
用能够的温暖与滴密的家事，陪你走过青春的漫漫荒芜。

你是年少的欢喜

NI SHI NIANSHAO DE XIHUAN
SHAONIAN SHI NI
少年是你 喜欢的 的欢喜

著 **吾玉** Wu Yu

《你是年少的欢喜 喜欢的少年是你》
定价：29.80元

《百鬼潭》Wu Yu
(又名《百灵潭》)作者**古风作者** 吾玉
都市轻风之作

民国二十一年的公交车里，一本《资治通鉴》穿越了时光。付远之遇见的是叶梦好还是许静仪？是误会还是戏弄？她能得到他的原谅吗？

意林精品图书推荐

《比心》
简介：表白被拒，他突然收到女孩的短信，虽只有一行字，却让他笑出了声。
定价：32.80元

《那个神秘的宣愉小姐》
简介：一位少女，一次亲情伤痛造成的人格分裂，一场守护爱情的计划……
定价：32.80元

《你是年少的欢喜，喜欢的少年是你》
简介：古风天后吾玉，初涉现代爱情，打造都市轻风之作。
定价：29.80元

《你是久爱，亦是新欢》
简介：一位知名女沙画艺术家的青春逆袭和成长史。有梦的青春才会好看。
定价：32.80元

「告白的书」系列

《别来无恙，我的小初恋》
简介：销量超百万作家沈嘉柯暖心力作，陪你一起挥别青春，再出发。
定价：29.80元

《喜欢你这句话，我惦住了整个青春》
简介：数十篇青春伤感故事，带你领略成长、青春、爱恋的阴晴圆缺。
定价：29.80元

《遇见你，就是最对的时候》
简介：青罗扇子、周德东等作家用文字演绎纸上电影。时光远去，我们永远青春。
定价：29.80元

《我记得你说过的每句美好》
简介：独木舟、夏七夕、七微等名家用真挚的笔触探究青春的色彩。
定价：29.80元

「多味之恋」系列

《这世间所有的纸短情长》
简介：织梦人张芸欣在深夜为你点一炉青莲之香，寻找渐渐远去的青春与年少。
定价：29.80元

《世界那么大，命中注定遇见你》
简介：每个人都会接触形形色色的人，又会和一些人聚聚散散，马叛说，这些相遇都是命中注定。
定价：29.80元

《我不怀念你，我只怀念有你的往昔》
简介：继《左耳》之后深入骨髓的疼痛青春，每个人都可以在她的故事中找到原始的自己。
定价：29.80元

《花与巡夜人》
简介：国内一本南色减压故事书，抚慰你的心灵，温暖每一个现代人。
定价：36.90元

「深夜暖心」系列

《少年从不等风来》
简介：关于年轻人的追梦故事，他们用自己的特立独行，创造属于自己的天地。
定价：29.80元

《你的人生不需要别人点赞》
简介：大人物从这里起步，成就了丰盈的人生。数百篇故事告诉你成功者的秘密。
定价：29.80元

《逆光飞翔，微芒盛放》
简介：名人的磨难被晾晒成坚强，带给你十八而志的青春励志的正能量。
定价：29.80元

《像明星一样去战斗》
简介：数十位明星的奋斗史。逆袭背后，都是平凡生活中的伟大梦想。
定价：29.80元

「十八而志」系列

《把你所有的不安都交给我来暖》
讲给你听，117个心灵抱抱的故事。
定价：29.80元

《所有人的坚强，都是柔软生的茧》
玻璃心的朋友们，看这里！讲给你听，125个含泪奔跑的人生故事。
定价：29.80元

《生命中除了爱，其他都是行李》
讲给你听，召唤小确幸的111个故事。
定价：29.80元

《都道初心不可负，而初心是何物》
133个初心故事，既有明星大家，又有平凡人物，从故事里闪耀初心的光芒。
定价：29.80元

「初心讲义」系列